Visionair

Een sciencefictionroman

Richard G. Hole

Sciencefiction en fantasie

# KORTE INHOUD

2

Tweehonderd jaar na de eerste atoomexplosie in Hiroshima en Nagasaki had de mens geleerd de kracht van het atoom te gebruiken voor iets nuttigers en constructiever dan zichzelf te vernietigen.

In het jaar 2145 waren alle ruimteschepen aangedreven door kernenergie, in staat om de duizelingwekkende snelheden te bereiken waarvan hij altijd had gedroomd.

Het universum bleef echter oneindig voor hem en het hypothetische oppervlak van de planeet Saturnus onbereikbaar ...

**Visionair** is een verhaal dat behoort tot de Science Fiction-serie, een verzameling sciencefiction- en fantasyromans

# VISIONAIR

# HOOFDSTUK I

Saturnus had nu elf manen.

Naar zijn tien natuurlijke satellieten was het, door het werk en de wetenschap van de mens, erin geslaagd om de kunstmatige satelliet in een baan om de aarde te brengen, die zijn functie vervulde als een jaloerse waarnemer van de planeet versierd met de mysterieuze ringen eromheen.

De "Saturnus XI" was een kleine metalen wereld, een wonder van technologie en elektronica. Op het eerste gezicht verschilde het uiterlijk niet veel van de andere tien natuurlijke satellieten, die sinds de lange nacht rond de zesde planeet draaiden, op volgorde van de kleinste naar de grootste afstand van de zon.

Maar binnen, op de "Saturnus XI" was alles anders.

Vijfhonderd mensen zwermden daar, worstelend om de mysteries te ontrafelen die de planeet met de ringen omhulden, om op een dag toe te voegen aan de lange reeks ruimteveroveringen, een man die erop uit was om in ieder geval zijn hele zonnestelsel te domineren.

Daarachter, ver daarachter, was de verovering van de maan, die van Mars, Venus, Mercurius en die van de reuzenplaneet Jupiter.

Waarnemingen en onderzoeken van Uranus, Neptunus en het verre Pluto, verloren in de grenzen van het zonnestelsel, waren ook voorspoedig en boden de bewoners van de kleine aarde de grenzen die de buitenste hyperruimte markeerden.

Maar nu, voordat hij aan het fantastische avontuur begint om verder te gaan op zoek naar de sterren, zou Saturnus onder de intelligentie van de mens moeten blijven, die bereid leek nooit te stoppen.

Nooit!

De moeilijkheden waren echter talrijk. Sinds "Saturnus XI" waren niet alleen de gegevens die bekend waren over de planeet met dezelfde naam al lange tijd geverifieerd. Dat de equatoriale diameter 119.700

kilometer was, dus 9,4 keer groter dan die van de aarde, was niet zo belangrijk. Omdat het dat niet had, was het volume 745 keer groter.

Maar degene die zich op een gemiddelde afstand van 1430 miljoen kilometer van de zon bevond, begon het te krijgen, aangezien de mens, beginnend vanaf de aardkorst, met elke tijm van zijn onderzoeksinstrumenten niet minder dan 1.186 tot 1.647 miljoen kilometer moest reizen, afhankelijk van de fase van je reis waar je bent.

Tweehonderd jaar na de eerste atoomexplosie in Hiroshima en Nagasaki had de mens geleerd de kracht van het atoom te gebruiken voor iets nuttigers en constructiever dan zichzelf te vernietigen. In het jaar 2145 waren alle ruimteschepen aangedreven door kernenergie, in staat om de duizelingwekkende snelheden te bereiken waarvan hij altijd had gedroomd.

Het heelal bleef echter voor hem oneindig en het hypothetische oppervlak van de planeet Saturnus onbereikbaar.

Wat de fysieke kenmerken betreft, was bekend dat de dichtheid gelijk was aan 0,13 die van de aarde en 0,72 die van water. Er was tot misselijkheid gemeten dat de intensiteit van de zwaartekracht op het oppervlak van Saturnus gelijk was aan 1,06 vergeleken met de zwaartekracht van de aarde, met een gemiddelde licht- en warmteontvangst van de zon van 0,011, waarbij de ontvangen eenheid als eenheid werd genomen op de wereldbol.

Dit alles leverde zeer moeilijke problemen op om op te lossen, voor het maken van direct contact met de planeet.

Maar er was meer.

Het oppervlak van Saturnus biedt een telescopisch zicht op een hele reeks banden of stroken evenwijdig aan de evenaar, met een bruin-grijze kleur, die zich onderscheidt van de roze in de equatoriale zone en de blauwachtige in de poolgebieden. Dit alles bracht ons ertoe te veronderstellen dat Saturnus was gehuld in een dichte atmosfeer en dat het alleen mogelijk is om de meest uitgebreide laag ervan waar te nemen, waarvan de temperatuur werd geschat op ongeveer 150 º onder nul, aangezien deze voornamelijk bestond uit ammoniak en methaan .

Dezelfde witte vlekken die te zien waren vanaf de kunstmatige satelliet "Saturnus XI" werden toegeschreven aan ammoniaksneeuw.

Om het nog moeilijker te maken, werd de planeet omringd door een ring die verschijnt als een ontmoeting, een zeer complexe groepering, van verschillende concentrische ringen.

Wat betreft de werkelijke aard van deze ringvormige set met zo'n opvallende verschijning, lijkt de samenstelling ervan afgeleid te zijn door een groot aantal van elkaar geïsoleerde astrolieten, bezield door een snelle draaibeweging rond de centrale ster en ongeveer in hetzelfde vlak . De persistentie en superpositie van de beelden zou het gevoel van continuïteit geven dat werd waargenomen met behulp van de modernste en krachtigste telescopen.

Deze natuurlijke barrière die de planeet Saturnus bood, als de eerste weerstand tegen de onverzadigbare nieuwsgierigheid van de mens, werd in al zijn aspecten bestudeerd.

Als de concentrische ringen een solide platform zouden vormen door de concentratie van ontelbare miljoenen en miljoenen astrolieten, zou de dag komen dat een ruimtevaartuig daar zou kunnen landen: dan zouden de riskante astronauten in een benijdenswaardige positie zijn om de planeet te bekijken en, om zo te zeggen, om in die nieuwe wereld te kijken om het af te maken, om het te veroveren.

Alle wetenschappers die op "Saturnus XI" waren gestationeerd, hadden een groot deel van hun zware taak volbracht. Ze wisten al dat de afmetingen van de set ringen 278.000 kilometer in uitwendige diameter waren, met 149.000 in inwendige diameter. Dat ze in totaal 67.400 kilometer breed waren; een dikte van 70 kilometer en een ringvormige massa ten opzichte van de planeet van 1/600.

En dit alles in minder dan een jaar dat ze daar waren, draaiend en draaiend als nog een satelliet van Saturnus, 1.647 miljoen kilometer van

Moeder Aarde, die hen had gestuurd als voorspellers van de voortgang van hun superbeschaving die weigerde barrières toe te laten.

Afgezien van het onderzoeken van de ringen van Saturnus, concentreerde de taak zich op de onmiddellijke mogelijkheid om op al zijn tien natuurlijke satellieten te kunnen landen.

Ideale platforms daar geplaatst door de mysterieuze zwaartekrachtwet van het heelal, het was bedoeld met hun verovering de grote besparing van andere orbitale stations die nodig waren.

Dit was geen onrealistische droom, aangezien er al astrofysische observatoria op het oppervlak van de maan waren. De vraag was om af te dalen in een van de tien natuurlijke satellieten van Saturnus, het te bestuderen, de moeilijkheden die het opleverde te overwinnen en zich daar te vestigen.

In volgorde van de kleinste naar de grootste afstand van de planeet waren "Mijnen" en "Enceladus" respectievelijk 185 en 238 duizend kilometer verwijderd. «Tetis», «Dione» en «Eea», eveneens met respectievelijk 294.337 en 527 duizend kilometer. "Titan" draaide op 1.223 duizend kilometer, "Temis" op 1.460, "Hyperion" op 1.484, "Yapeto" op 3.563 en "Fepe" op 12.950 duizend kilometer.

Een trouwe en talrijke familie, waartoe een nieuwe zoon van de wetenschap was toegetreden: de "Saturnus XI", die zestig miljoen kilometer ronddraaide en die eeuwige dans van hemellichamen rond de planeet leidde om te worden veroverd.

Maar de belangrijkste van deze manen was "Titan", met een diameter van 4.200 kilometer en een massa die gelijk is aan 1,8 groter dan die van de maan. Het was een van

de weinige satellieten van het planetenstelsel die een atmosfeer presenteren, hoewel de metingen die zijn uitgevoerd in de laboratoria van "Saturnus XI" erop wezen dat een dergelijke atmosfeer zeer schadelijk kan zijn voor de mens, omdat deze zuren en vormen van giftige zouten bevat.

Natuurlijk zou dit niet precies zijn wat hem zou tegenhouden.

Op het oppervlak van Mars was het ook niet mogelijk om vrij te ademen en toch, met het creëren van de nodige middelen, leefde daar al een terrestrische kolonie van meer dan tweehonderd miljoen mensen.

Of was het dat een gekke dichter niet had gezongen, dat de mens zijn zondige voeten op hetzelfde gloeiend hete oppervlak van de vaderzon zou zetten...?

En in zekere zin zijn gekke dichters de waarzeggers van de toekomst.

Of niet...?

# HOOFDSTUK II

Jerry Kelly was een van die gekke dichters.

Hoewel hij geen poëzie componeerde of zijn tijd verspilde aan het componeren van min of meer ritmische en succesvolle odes.

De "waanzin" van de jonge Jerry Kelly was wetenschap. Specifiek akoestische wetenschap, jarenlang vastbesloten om enkele gedurfde theorieën van zijn vader te concretiseren die hij helaas niet had kunnen afmaken toen hij stierf.

Maar Marty W. Kelly had zijn zoon genoeg gegevens achtergelaten zodat Jerry zijn werk kon voortzetten. Bovenal had hij hem de conclusie nagelaten van zijn gedurfde theorieën over alle zaken met betrekking tot geluid, de trillingsgolven die onophoudelijk in de ruimte bewegen en een grote opeenstapeling van gegevens over zijn onveranderlijke wetten, thehertz en al die gecompliceerde namen die de wetenschap van de akoestiek completeren.

Wat de wijze Marty W. Kelly niet had achtergelaten toen hij stierf, was fortuin, en daarom de noodzakelijke middelen voor zijn zoon Jerry om de studie van dergelijke dure onderzoeken voort te zetten.

Hierdoor had Jerry Kelly zijn experimenten niet op een bevredigende manier kunnen uitvoeren, en tegelijkertijd was hij gedwongen een van de prominente posities te accepteren op die kunstmatige satelliet, die in een baan rond Saturnus was geplaatst.

En op "Saturnus XI", meer dan een miljard kilometer van de aarde, geïsoleerd in die kleine metalen wereld waar 499 andere mensen ook werkten, in hun vrije tijd, nadat ze hun taken als elektronisch ingenieur gespecialiseerd in geluid hadden vervuld, worstelde hij om zijn uitvinding doen.

Een uitvinding waarvan hij met emotie zei:

"Het zal een revolutie teweegbrengen in onze hele beschaving, haar nobeler, zuiverder maken... Veel menselijker!

Maar heel weinig sprak hij over wat 'zijn uitvinding' werkelijk zou zijn.

Jerry Kelly herinnerde zich dat hij het in de beginjaren van zijn experimenten had gedaan, ook al was de dood van zijn vader recent, met het onaangename resultaat dat hij werd bespot. En niet alleen de individuen die al die dingen waar hij het over had niet begrepen, maar ook de meest prestigieuze onderzoekscentra, die hem uiteindelijk vertelden, nadat ze naar zijn vreemde theorieën hadden geluisterd:

"Blijf onderzoeken, jongeman. En als je een positief resultaat krijgt, twijfel er dan niet aan dat we je de nodige middelen ter beschikking zullen stellen om je droom waar te maken.

Leuke manier om dat te verontschuldigen!

Hoe kon hij in zijn eentje blijven onderzoeken, als dat precies wat hem ontbrak, de middelen waren?

Jerry Kelly had berekend dat hij een goed uitgerust laboratorium nodig had, met de nieuwste ontwikkelingen en het vermogen om de machines en delicate instrumenten te maken die hij nodig had. Helaas was het geen kwestie van het "uitvinden" van een enkel apparaat, hoe gevoelig en ingewikkeld het ook mag zijn, maar van vele, vele andere die als een geheel werden voltooid.

Om te beginnen had hij een ruimtevaartuig nodig dat in staat was om met halsbrekende snelheden door de ruimte te reizen en weg te zinken in de bodemloze duisternis van de hyperruimte om de golven van de geluiden op te vangen die hij zocht. Dat alleen al was al een obstakel dat hij in zijn eentje nooit zou kunnen overwinnen.

Hoe kon een particulier een van die moderne ruimtevaartuigen bezitten die interplanetair reizen maakten?

Toen kwam het ultragevoelige antennesysteem, de complexe set bandrecorders, het delicate mechanisme dat de manier van filteren en scheiden van geluiden in het spel zou moeten brengen; de opnamebanden van diezelfde geluiden, het sorteerstation en ...

Het was irritant!

En toch verloor Jerry Kelly nooit het vertrouwen dat zijn geweldige uitvinding ooit werkelijkheid zou worden.

Een realiteit die, zoals hij stellig beweerde, de samenleving volledig zou veranderen.

Woorden ... Woorden ... Woorden!

Ja: juist op Jerry Kelly's "woorden" baseerde hij zijn theorieën. In de miljarden en miljarden woorden die de mens tijdens zijn hele reis op de aarde had losgelaten, vanaf dezelfde dag waarop hij voor het eerst iets verstaanbaars stamelde, toen hij probeerde zichzelf met anderen te begrijpen.

Vanaf het moment dat de mens ophield een beest te zijn, voortkomend uit de barbaarsheid, om geleidelijk, in de eeuwige nacht der eeuwen, een rationeel wezen te worden.

In een hoger wezen.

Zo superieur dat hij meer dan eens in zijn lange geschiedenis, vol trots, op het punt stond zijn eigen Schepper uit te dagen door barbaarse destructieve methoden te gebruiken om zichzelf te vernietigen.

Zoals gebeurde toen hij het gebruik van buskruit ontdekte.

Zoals gebeurde toen hij erin slaagde om dynamiet, triliet, de verschrikkelijke nitroglycerine te gebruiken.

Zoals toen hij op het punt stond te worden uitgeroeid, toen hij erin slaagde de kettingreacties van het angstaanjagende atoom te desintegreren.

Geen van deze kritieke stadia in de geschiedenis van de mens zou kunnen worden herhaald, als op een dag de dromer Jerry Kelly erin zou slagen zijn uitvinding aan de mensheid ter beschikking te stellen.

Al kon hij op dit moment ook niet meer bieden dan dat.

Woorden.

Woorden in de vorm van beloften, die altijd weinig echo hadden gehad.

Weinig echo totdat hij sprak met de astrofysicus Walter Lehman, verantwoordelijk voor de operatie van "Saturnus XI" en verantwoordelijk voor die half duizend mannen en vrouwen die aan het orbitale station waren toegewezen.

Een paar dagen nadat hij zijn bestemming had bereikt, vertelde Jerry Kelly hem over de redenen voor zijn verzoek en kondigde de oudere wetenschapper aan:

"Hier, zolang je weet hoe je aan je verplichtingen moet voldoen, kun je je vrije tijd besteden aan wat je maar wilt.

Bedankt professor Lehman. Ik heb op deze functie gesolliciteerd omdat de "Saturnus XI" een uitstekend platform kan zijn voor mijn experimenten.

'Heeft alleen die mogelijkheid je hier gebracht, Kelly?

Jerry Kelly had, voordat hij antwoordde, eerlijk gezegd bedacht:

'Dat is het maar, professor.

"Ben je niet wetenschappelijk nieuwsgierig naar Saturnus?

"Geen, meneer. Ik ben alleen gemotiveerd door akoestiek

Astrofysicus Walter Lehman had op zijn beurt weerspiegeld, terwijl hij zijn goedvingerige hand door zijn kroeshaar had gehaald, in een voor hem gebruikelijke beweging om het te kammen. En het was toen hij wilde weten, altijd gedreven door zijn wetenschappelijke verlangen:

'Vertel me over je theorieën over geluid, jongeman. Je begint me te interesseren!

Jerry Kelly vond zijn theorieën inderdaad nogal verwarrend en ingewikkeld voor een leek. Maar voor hem had hij een eminente man, erkend als wijs in astrofysica, ruimtevaart en met een bevoorrecht brein, en om die reden probeerde hij uit te leggen:

"Zie je, professor Lehman ... Je weet dat, hoewel zowel het mechanische medium dat het veroorzaakt als de appreciatie ervan door het oor, fysiek beschouwd, als 'geluid' wordt aanvaard, het een trillingsbeweging is die voortkomt uit een lichaam, dat doorgegeven aan door middel van elastisch materiaal en dat, wanneer het naar ons oor wordt gebracht, de fysiologische sensatie van geluid produceert.

'Ik begrijp het, jongeman. Als een trillend object binnenkomt, zet het de omringende lucht in beweging en creëert zo drukzones die jullie specialisten 'geluidsgolven' noemen.

„Precies, professor! „riep zijn jonge ondergeschikte enthousiast." Ik zie uw duidelijke begrip met echte vreugde, mijnheer.

"Doorgaan alstublieft.

"De 'geluidsgolven' planten zich voort in de lucht op een manier die vergelijkbaar is met die van de reeks concentrische ringen die zich vormen op het oppervlak van een plas stilstaand water, wanneer er een steen in wordt gegooid.

"Dat is waar: dat kan door iedereen worden geverifieerd.

'Dat klopt, meneer. Maar als iemand het in het water kan zien, niet in de lucht, want je kunt die 'geluidsgolven' niet zien.

De stilte van de manager van de "Saturnus XI" moedigde de jonge Jerry aan om door te gaan:

"Noch is het aan iemand gegeven om bijvoorbeeld te verifiëren dat als die steen in de oceaan wordt gegooid, de concentrische golven zullen reiken, waarbij alle moeilijkheden die ze tegenkomen bij hun expansie, worden bespaard, naar de meest afgelegen kust, en als ze eenmaal zijn bereikt de overkant, hoe ver het ook is, ze zullen terugkeren in een eindeloze beweging die, niet minder waarneembaar en meer en meer gedempt, minder echt is.

"En van wat het zegt, gebeurt hetzelfde in de lucht, in de ruimte, wanneer een geluid wordt geproduceerd, toch?

'Precies hetzelfde, professor Lehman! Precies!

"Heel interessant om dat te onthouden!

"Geluidsgolven zijn ook bolvormig, ze planten zich altijd voort met dezelfde snelheid of frequentie, afhankelijk van de trilling waardoor ze zijn ontstaan. Behalve in die gevallen waarin het geluidsproducerende orgel in beweging is en alleen in amplitude of intensiteit verliest in verhouding tot het kwadraat van de afstand.

De hand van de oude astrofysicus nodigde met vriendelijke rust uit, nadat hij stopte met het kammen van zijn haar, en zijn jonge gesprekspartner toevoegde:

"Alle elastische materialen, zoals de meeste metalen, hout, lucht, water, zenden geluidsgolven uit met snelheden die over het algemeen hoger zijn dan die van de atmosfeer. Specifiek, in lucht, is de voortplantingssnelheid 331,8 meter per seconde, bij een temperatuur van 0 ° C, toenemend met ongeveer 0,60 per graad toename.

Walter Lehman glimlachte op het laatste moment, zich ervan bewust dat hij, hoe wijs ook, niet zo op de hoogte was van de gegevens als de akoestische ingenieur Jerry Kelly. Maar naar aanleiding van zijn idee, informeerde hij:

"En hebben weersomstandigheden, windsnelheid, luchtvochtigheid en luchtdruk geen invloed op bijvoorbeeld de voortplanting van geluid?

"Natuurlijk meneer. Maar dit zijn allemaal gegevens om rekening mee te houden in de specialisatie, wanneer we een geluid willen 'herstellen' waarvan we weten dat het op zo'n plek, op dat moment en in die of die omstandigheden is uitgebracht.

Professor Walter Lehman's wetenschappelijke nieuwsgierigheid werd aangescherpt en dwong hem te vragen, steeds meer geïnteresseerd:

"Een ogenblikje! Betekent dit dat elk geluid dat in de ether is gegooid, kan worden "hersteld"?

"Dat klopt, meneer.

"Enig geluid dat geluidsgolven veroorzaakte?

'Ja, professor Lehman.

"Bijvoorbeeld... de trillingen die onze stemmen produceren als we nu spreken? Zou je ze kunnen pakken, "terughalen", zoals je net zei?

'Ja, meneer Lehman. En dat is wat ik probeer!

'Wanneer zou ik ze terug kunnen krijgen?

"Als ik al mijn instrumenten heb, zal het hetzelfde zijn om ze te vangen, of beter gezegd, ze te herstellen, binnen een uur ... of een eeuw!

"Niet doen!

'Neem me niet kwalijk dat ik aandring, professor. En niet over een eeuw, maar over tienduizend jaar, als we daar de nodige middelen voor hebben.

'Alsjeblieft, Kelly... wil je het me uitleggen?

'Met genoegen, professor. Merk op dat we in dit geval de meest nauwkeurige gegevens hebben. Ten eerste wordt het geluid dat door de trillingen wordt geproduceerd, omgezet in "geluidsgolven" van onze woorden, die we kennen met de snelheid waarmee ze zich in hun normale omgeving voortplanten. Ten tweede, de plaats en het exacte tijdstip waarop die woorden in de lucht werden gelanceerd, of in de ruimte, als je dat wilt zeggen. Als we ons vervolgens in hun zoektocht zouden lanceren met een ultramoderne bandrecorder uitgerust met een oscilloscoop die ook ultragevoelig is, zou het probleem zijn om het gebied te verkennen waar we "wiskundig", door elektronische hersenen, "verstrooien" in steeds grotere concentrische cirkels die die woorden die we willen "herstellen", gezegd in deze kamer ...

'Wat je zegt is geweldig, vriend Kelly!

'Ja, meneer Lehman. Maar in wezen eenvoudig en eeuwig, zoals alle onveranderlijke wetten die het universum beheersen.

'En die... die geluiden die onze woorden maken, kunnen ze niet uit deze kamer komen, dit ruimtestation, de « Saturnus XI »? Ik bedoel, als ze er niet uitkomen om voor altijd verloren te zijn.

'Ze mogen naar buiten, professor. Voor altijd verloren, nee.

"Zeker?

"Als de mens de technische middelen heeft om achter deze 'geluidsgolven' aan te gaan, zal hij ze als het ware ergens 'jagen'.

'Ik herhaal, mijn jonge vriend... Dat is heel interessant!

'Tot nu toe, professor Lehman, heeft de mens al die geluiden uitgestoten en die immense rijkdom in de ruimte verloren.

Enigszins verrast door de kwalificatie herhaalde de astrofysicus die de leiding had over "Saturnus XI" als een echo:

"Rijkdom zegt?

"Ik beschouw enorme rijkdom als de woorden die ze spraken, bijvoorbeeld ... Pythagoras, Socrates, Plato, Aristoteles, Jezus Christus ...

Hij zweeg even voordat hij er levendig aan toevoegde:

'Hoe dan ook... Alles, meneer! Alles wat is gesproken en gezegd, sinds de mens de macht had om te spreken!

'Maar dat... dat zou geweldig zijn, mijn jonge vriend! Weet je wat hij zei?

'Perfect, professor Lehman. Iets dat ik hier en daar op verschillende plaatsen heb herhaald ... Maar zonder dat ze serieus naar me luisteren!

Walter Lehman glimlachte vriendelijk terwijl hij rekende en kamde opnieuw zijn warrige grijze haar terwijl hij zei:

"Nu begrijp ik dat ze hem op veel plaatsen voor een gek hebben gehouden.

'Geloof me, meneer. Het was vervelend!

'Ik ben eerlijk tegen je, Kelly. Het is ook moeilijk voor mij om toe te geven dat wat hij zegt ooit werkelijkheid kan worden!

'Nou, we hebben het binnen handbereik, professor. Ik ben er al jaren mee bezig! En daarvoor deed mijn vader het meer dan de helft van zijn leven.

'De waarheid, Kelly... ik denk dat je enthousiasme je doet geloven dat het snel zal worden bereikt.

'Niet mijn enthousiasme, meneer! Hebben we niet al ruimteschepen die de buitenruimten doorkruisen en met duizelingwekkende snelheden zinken in het oneindige zwart van het heelal? Wat weerhoudt ons ervan om ze uit te rusten met ultragevoelige oscilloscoopantennes die door mij zijn ontworpen, in staat om alle geluiden op te vangen die in de geluidsgolven "reizen", hier en daar stuiteren, of zich altijd verspreiden en verspreiden in concentrische cirkels, zoals wanneer we hebben gegeven het voorbeeld van de steen die in de vijver wordt gegooid?

'Laten we dat toegeven, Kelly. Maar ze zouden alle geluiden oppikken. Alle geluiden!

'Zonder twijfel, professor. Maar tegenwoordig is het kinderspel om de klanken te "selecteren". Het opnemen en weergeven van geluiden is een zeer geavanceerde wetenschap, sinds Edison zijn fonograaf uitvond. Sindsdien zijn er vele jaren verstreken en vandaag hebben we prachtige blokfluiten. Bovendien zouden goed geselecteerde en gearrangeerde filters alle geluiden weggooien die niet de menselijke stem waren, met goed gerangschikte versterkers om al zijn nuances, alle verbuigingen van de luidspreker te herstellen. Hertz ...

'Het wat, Kelly? "Vroeg de oudere astrofysicus." Ik zie dat hij, meegesleept door zijn enthousiasme, de eenvoud in zijn uitleg vergeet, zonder te beseffen dat ik geen specialist ben.

"Neem me niet kwalijk, meneer", erkende Jerry Kelly. Een "hertz" is de eenheid van frequentie die gelijk is aan één trilling of cyclus per seconde. Het voor het menselijk oor hoorbare frequentiebereik varieert van 16 Hz tot 30.000 cycli per seconde. Tegenwoordig weten we dat het oor niet voor alle frequenties hetzelfde hoorvermogen heeft, omdat de gevoeligheid groter is in het bereik van 400 tot 3500 cycli per seconde.

Walter Lehman glimlachte weer en dacht hardop:

"En denk je dat we de grote Carusso konden horen zingen, over wie het verhaal van de opera ons vertelt; aan een Renata Tebaldi of aan iemand anders die bijvoorbeeld zou hebben gezongen in de Scala in Milaan of in de Metropolitano in New York?

"Waarom niet?" Riep hij vol absolute zekerheid uit, zijn gesprekspartner." En zelfs met al de primitieve rijkdom van zijn nuances, zijn intonaties en zijn prachtige stemmen.

"Vertel mij niet!

"Nou, zo zal het zijn! Hiervoor hoeven we alleen maar precies de plaats te weten, het exacte tijdstip waarop het heeft gehandeld, zoveel mogelijk, als het mogelijk is, de weersomstandigheden van die dag of die nacht, groep, kwalificeer en selecteer andere belangrijke gegevens, leg ze voor aan de vorige beoordeling van een gespecialiseerd elektronisch brein of een computer, om vervolgens door te gaan met het vastleggen, "redden" met de krachtige ultragevoelige en oscilloscopische antennes die ik je vertelde, die stemmen die blijf je oneindig door de ruimte verspreiden, dan komt de taak om ze te selecteren uit de vele andere geluiden die worden vastgelegd en ... dat is alles!

'Zo makkelijk, mijn lieve Kelly?

"Zo eenvoudig is het, als alle ingewikkelde instrumenten waar ik al zoveel jaren naar smacht, zijn verkregen.

'Er is geen twijfel, jongeman. Als je dat snapt... zal het geweldig zijn!

"Het is genoeg om je voor te stellen wat het zou betekenen om in het oneindige te beschikken over bandrecorders, perfect geselecteerd op periodes, onderwerpen, disciplines en gebeurtenissen, niet alleen alles wat de wijste mannen die in vorige generaties hebben bestaan hebben gesproken, maar elk één en alle woorden van het menselijk ras, aangezien wat wij beschaving noemen, bestaat. Deze 'bibliotheek' zou zijn als levende boeken, de leerboeken van de toekomst, die de meest nauwkeurige gedachten, de hoogste gevoelens, de meest intieme geheimen binnen handbereik zouden brengen.

De bejaarde Walter Lehman kon het niet helpen dat hij vergaapte toen hij hoorde dat de verheven jongeman vol warmte bleef uitleggen:

De stem van een Socrates horen toen hij met zijn geliefde discipelen sprak. Luister naar het wijze en gelaten advies van een Seneca gericht aan Nero. Horen van de lippen van een Goethe zijn eigen gedichten. Gevoel dat de stem van William Shakespeare zijn onsterfelijke werken reciteert. Luisteren naar de monologen die een groot schrijver als Dostojevski moet hebben gegeven tijdens zijn slapeloze nachten of luisteren naar een Beethoven die piano speelt, moet zo'n enorm plezier zijn en zo leerzaam, dat elk middel om het mogelijk te maken onbeduidend is, ongeacht hoeveel. het mag kosten.

Walter Lehman hield zijn grijze hoofd gespannen van plezier en mompelde:

"Ja... Het moet heerlijk zijn!

"Maar er is meer, professor! En niet om wat filosofen, denkers, schrijvers, musici, dichters en andere mensen van grote waarde ons met hun eigen stem kunnen geven. Het zal wonderbaarlijk definitief zijn omdat in het licht van al deze getuigenissen uit de eerste hand, veel misverstanden, veel slechte bedoelingen, veel historische fouten en veel valse interpretaties, al dan niet opzettelijk, zouden worden opgehelderd. Veel leugens zullen ophouden te bestaan, veel onwaarheden die nu bedekt zijn, zullen aan het licht komen, en daarmee zullen waarheid en gerechtigheid schitteren zoals ze nooit hebben geschenen sinds de wereld wereld is.

"Ik ben bang dat velen daar niet blij mee zullen zijn, Kelly,

'Naar de hel met de vrienden van de tapujo's, de verwikkelingen en de leugens, meneer! Naar de hel met alle hypocrisie of dwaling!

"Ik denk dat de gesprekken van niet weinig heersers, tegenwoordig gevoerd door onberispelijke mensen, ook aan het licht zouden komen. Welnu, er zijn niet een paar samenzweringen die met het grootste geheim worden volgehouden, die we niet weten!

"Wat dan, professor? Ik heb voor mij dat wie graag in dwaling leeft en bedrog en leugens in stand houdt, niet erg waardig is.

"Dat is waar, jonge man, waar... Maar bereken je de rol die kan worden gerold?

'Daar, ieder met zijn geweten, meneer!

Met de vleugels van zijn verbeelding moet de wijze wetenschapper een enorme chaos hebben gezien die hem, hoewel half geamuseerd, deed uitroepen:

'Goede God, wat zou er gebeuren, mijn zoon!

"Ik bereken het, dedag waarop krachtige squadrons ruimteschepen door de ruimte zouden zeilen en met hun antennes en ultragevoelige apparaten de woorden zouden vastleggen die uit alle andere geluiden zouden worden gekozen. Zodra de schepen terugkeerden naar de laboratoria en die selectie verder genuanceerd was, zou het mogelijk zijn om bijvoorbeeld te weten wat de laatste monteur van de "Saturnus XI" op dit moment tegen zijn goede vriend zegt.

"Wat vreselijk! Dat zou een schending zijn van een recht dat ...

'Een verkeerd begrepen recht, professor. We zijn gewend om dingen te respecteren die tegelijkertijd de meest kwaadwillenden toelaten hun plannen uit te voeren. Elke goede man heeft meestal niets te verbergen.

Jerry Kelly pauzeerde even voordat hij eraan toevoegde, om de man die hem kon helpen gedeeltelijk gerust te stellen:

'Trouwens, professor Lehman... Als mijn uitvinding is gedaan, als we geen chaos willen creëren en veel reputaties willen vernietigen door in het bezit te komen van duistere geheimen, zullen we heel voorzichtig moeten zijn. Ik schat dat alleen topmanagementfuncties toegang hebben tot deze vertrouwelijke opnames.

"Het is te zien dat alle uitvindingen hun gezichten en hun kruis hebben, mijn jonge vriend. En ik denk dat als de jouwe enorme voldoening kan brengen, het ook enorme problemen kan opleveren.

'Maar vooruitgang mag nooit worden ontkend, meneer Lehman. Uiteindelijk is alles wat ons dichter bij de kennis van de waarheid brengt moreel en daarom aanbevolen, meneer.

'Ik ben bang dat de absolute waarheid ons nog steeds bang maakt.

"Er zal een tijd komen dat het niet zo zal zijn.

"Denk je dat het kan worden gebruikt voor zelfstudie van mensen?

"Waarom niet? Als ze er zeker van zijn dat alles wat ze spreken of zeggen, zelfs in het grootste geheim, kan worden 'teruggewonnen', zullen ze onvermijdelijk minder intrigerend worden, minder leugenaars ... Puurder!

'Je droomt blijkbaar van een ideale wereld, jongeman.

"Is het een zonde om dat te doen, professor?

"Nee, het is geen zonde. Maar een heerlijke waanzin!

"Ik heb dat woord vaak gehoord. Mijn arme vader werd ook vaak zo beoordeeld. Maar ik weet dat ik niet gek ben, meneer! Ik ben niet!

'Zoiets zeg ik niet, Kelly.

"Zie je... Het zal een oplopend proces zijn: we zullen beginnen met het meten van de woorden, waaruit de feiten en daden normaal worden afgeleid. Het gedrag van de hele mensheid zal geleidelijk veranderen. Tot de dag dat een van de mannen of vrouwen laten zich aan anderen zien zoals ze oorspronkelijk waren.

"Wat is er gezegd! Je bent een geweldige gek!

'Dan heb je alleen nog je gedachten, al zal de dag komen dat ook deze aan het heldere licht worden blootgesteld.

Walter Lehman stond op achter zijn monumentale bureau alsof hij wilde aangeven dat het interview voorbij was, maar niet zonder glimlachend commentaar:

'Het was een waar genoegen om naar je te luisteren, Kelly. En bij voorbaat beloof ik dat ik er alles aan zal doen om u aan uw project te laten werken.

"Ik waardeer het echt, professor.

"Bovendien, als je het me toestaat, zal ik in mijn vrije tijd met je samenwerken, en ik heb er geen probleem mee om je assistent te worden.

"Oh nee meneer! Professor Walter Lehman zou nooit een simpele assistent van mij kunnen zijn. U staat bekend om...

'Maar ik begrijp niets van je specialiteit, Jerry! En geloof me, ik ben gepassioneerd over uw idee.

"Als het echt zo is, ben ik blij dat ik alles op aarde heb achtergelaten en nu hier ben.

'Heb je veel achtergelaten, Jerry? De oude man wilde het weten.

Jerry Kelly zweeg voordat hij antwoordde:

'Alles wat ik had, professor.

'Een vrouw, misschien...?

'Ja... We zouden gaan trouwen, maar ze heeft me nooit helemaal begrepen. Aan de andere kant, als ik hem daar soms ook over begon te praten... noemde hij mij ook gek of visionair!

Glimlachend om de plechtigheid uit zijn woorden te verwijderen, merkte de oudere astrofysicus op:

"In dat geval ben je tot bloei gekomen. Hier zijn we allemaal gek! Jij niet. Lijkt het gek genoeg om te vragen om meer dan 1.600 miljoen kilometer van onze geliefde planeet te wonen?

„Misschien, meneer. Maar, zoals je al eerder zei, het is een geweldige waanzin, want dankzij het feit dat er altijd zulke "gekken" zijn geweest, heeft de mensheid vooruitgang kunnen boeken.

'We zijn het eens, jongeman.

En de twee mannen schudden elkaar de hand met grote emotie.

Eindelijk had Jerry Kelly iemand gevonden die hem volledig begreep.

# HOOFDSTUK III

Anderhalve maand na zijn eerste interview met de man die verantwoordelijk is voor de operatie van de "Saturnus XI", kon Jerry Kelly resultaten presenteren en was daarom tevreden.

Op de tiende verdieping van de kunstmatige satelliet, naast de hangars waar de vijf ruimtevaartuigen waarmee de "Saturnus XI" was uitgerust opgesteld stonden, had de bejaarde astrofysicus Walter Lehman hem toestemming gegeven om zijn laboratoria op te zetten.

Een reeks onderling verbonden kamers, opgesteld op de bovenste verdieping zodat hun plafonds gedeeltelijk naar buiten open konden, bevatten de delicate, ultragevoelige instrumenten die Jerry Kelly met de hulp van zijn medewerkers in elkaar had gezet.

Mensen zoals hij, bestemd voor de "Saturnus XI", maar die niet aarzelden om hun vrije uren aan dit nieuwe project te besteden. Jerry had hun verteld over zijn theorieën over akoestiek en de oude dromen die zijn vader niet kon realiseren.

Na veel discussie en overeenstemming werd dit fantastische project "The Voice of the Universe" genoemd.

Jerry Kelly had de suggestie van zijn collega's aanvaard, in redenering met hen:

"Ik hou van dat" Voice of the Universe "ding! Want inderdaad, het zal het Universum zijn dat tot ons zal 'spreken'. Met behulp van deze instrumenten die we aan het bouwen zijn, zullen we alle geluiden vastleggen die door de ruimte reizen. En de sterren zullen ons hun geheimen toevertrouwen!

De meeste van degenen die vrijwillig aan de taak deelnamen, verstonden geen woord van akoestiek. Maar ze waren jong, ze waren ook enthousiast over wetenschap, en met levendige woorden, met zijn kenmerkende heftigheid en warmte, wist Jerry uit te leggen wat zijn "uitvinding" zou zijn en wat er allemaal mee bereikt kon worden.

Aan de andere kant, als uw medewerkers geen specialisten waren in geluidskwesties, waren ze wel in andere onderwerpen. Billy Laughton en de blonde Ramy Piccole waren bijvoorbeeld elektronica-ingenieurs. Michel Sauet was een expert in mechanische zaken, in staat om het meest gecompliceerde mechanisme te ontwerpen, in elkaar te zetten en te bouwen, zolang hij maar een volledig beeld kreeg van wat er van hem werd verlangd. De Herculean Arthur Hadmond was een genie in elektrodynamica, en de mooie vrouw Marlene Power was nog niet zo lang gepromoveerd in cybernetica, die gecompliceerde wetenschap die zorgt voor de kunst van het bouwen en bedienen van apparaten en machines die ze door middel van elektronische procedures automatisch ingewikkelde berekeningen en andere soortgelijke bewerkingen uitvoeren.

Met deze effectieve hulp en vooral met de vastberaden steun van de bejaarde astrofysicus Walter Lehman, die regeerde over die kleine kolonie van vijfhonderd uitmuntende mensen in de ruimte, hoopte Jerry Kelly zijn doel snel te bereiken.

"De stem van het heelal" zou spoedig worden gehoord.

Ze hoefden alleen uit te rusten met dezelfde instrumenten, maar teruggebracht tot een kleiner formaat, tot een van de vijf ruimteschepen die ze hadden. Daarna zouden ze de nodige berekeningen uitvoeren met behulp van de elektronische hersenen die ze al hadden geassembleerd, zodat het schip zou uitgaan om de woorden te "herstellen" die, altijd volgens de theorieën van Jerry Kelly, onophoudelijk door de eeuwen heen bleven bestaan. in de oneindige ruimte. .

Jerry Kelly had graag een bepalend moment in de lange geschiedenis van de mens gekozen. Hij had er bijvoorbeeld van gedroomd om de woorden van Jezus Christus te 'herstellen' toen hij tot zijn discipelen sprak op de middag dat hij zijn prachtige 'bergrede' hield.

Maar het rechtstreeks horen van niets minder dan het woord van de Zoon van God was nog steeds een droomdroom. En niet omdat het zoveel eeuwen geleden is; dat was een kwestie van computerberekening. De elektronische hersenen zouden voor de nodige vergelijkingen zorgen, rekening houdend met alle gegevens die aan hen werden verstrekt.

Zoveel eeuwen, zoveel jaren. Zoveel maanden, zoveel weken. Zoveel dagen, zoveel uren, minuten, seconden en honderdsten van een seconde.

"Totaal, niets", zei Jerry.

Het zou ook gemakkelijk zijn om te berekenen waar de geluidsgolven die in trilling kwamen toen de goddelijke woorden werden uitgesproken zich zouden verspreiden. Het heelal was immens en daarom zouden ze, volgens de wetten van de akoestiek, ergens in de ruimte zijn, meer.

Jerry Kelly was een briljante specialist in al deze kwesties. Hij kende de afstand die geluid in één seconde aflegde uit zijn hoofd: onder normale omstandigheden en bij een temperatuur van 0 ° C, op 331,8 meter, toenemend met ongeveer 0,60 per graad.

'Ik zeg het je' drong hij aan. Kwestie van rekenen!

Als het geluid in één seconde 331,8 meter zou afleggen, zou het in één minuut de afstand van 19.908 kunnen overbruggen; in één uur 1.194.480; in een dag, 28.667.520, en in een jaar, 10.463.644.800 meter.

Tienduizend vierhonderddrieënzestig miljoen zeshonderdvierenzestigduizend achthonderd meter gedeeld door duizend overgebleven tien miljoen vierhonderddrieënzestigduizend zeshonderdvierenveertig kilometer, met een rest van achthonderd meter. Er zat niets anders op dan dit bedrag met honderd te vermenigvuldigen om erachter te komen hoeveel kilometer het geluid in een eeuw heeft afgelegd. Als de geschiedenis zou zeggen dat Jezus Christus ongeveer eenentwintig en een halve eeuw geleden in Galilea woonde, was er niets meer om nog een rekenkundige bewerking uit te voeren.

Totaal: als deze berekeningen niet tot op de seconde of rigoureus waren gemaakt, zouden de woorden die de Zoon van God tegen de wind wierp zich blijven verspreiden tot een afstand van de aarde in de orde van tweeëntwintig miljard kilometer vanaf hun startpunt.

Maar zijzelf, die constant rond de planeet Saturnus cirkelen, waren ze niet al ongeveer twee miljard kilometer van de aarde verwijderd?

Met zijn ultragevoelige antennes eraan bevestigd, zou het ruimtevaartuig niets meer hebben om twintig miljard kilometer af te leggen om de gewenste geluidsgolven te "jagen".

En hebben de astrofysici en de meest vooraanstaande wetenschappers er niet voor gezorgd dat de ruimteschepen, eenmaal buiten het zonnestelsel, al door de buitenste hyperruimte glijdend, vrij van de zwaartekracht van het systeem, hun snelheid honderdvoudig konden zien?

Wat was dan die afstand die overbrugd moest worden?

"Het gaat naar het oneindige! 'Zei dr. Marlene Power, een van de dagen dat ze die problemen bespraken.

Met zijn dromerige ogen staarde Jerry Kelly naar de jonge wetenschapper en dacht serieus:

"Dit is precies wat altijd de weg van de mens moet zijn geweest, mijn beste vriend. Oneindigheid!

In ieder geval moest Jerry Kelly het doen zonder met zijn ingenieuze akoestische mechanismen die goddelijke woorden vast te leggen waar hij zo naar verlangde en die hij de wereld graag had willen aanbieden. De geschiedenis gaf niet de nodige nauwkeurige gegevens over het leven van de Zoon van God; tenminste wat betreft de tijd en plaats waar hij op een bepaald moment zijn goddelijke leer predikte.

"Wat dacht je van de toespraak die president Abraham Lincoln hield na de slag om Gettysburg? Voorgestelde elektronische ingenieur Billy Laughton.

"Ja, Jerry! "Heeft zijn partner Michel Sauet geklopt." We hebben nauwkeurige gegevens over die data. Exacte plaats, vaste datum en al het andere.

"Toen ik geschiedenis studeerde, las ik die toespraak van president Lincoln", herinnerde de blonde Marlene Power zich en voegde zich bij hen. Het is geweldig!

"Het zal nog meer het geval zijn als je het zelf kunt horen", verzekerde Jerry Kelly, die klaarblijkelijk het voorstel van zijn metgezellen accepteerde.

'Denk je echt dat je het kunt, Jerry? "Het meisje wilde bevestigen.

'Je zei het verkeerd, Marlene. We werken hier allemaal als een team! Daarom, om het te bereiken, zal het een triomf zijn voor iedereen. .

"Protest! Riep de gigantische en Herculische Arthur Hadmond, met zijn luide donderstem.

Ze keken hem allemaal aan, verlieten het werk en verzamelden zich rond de senior elektrodynamicus, die eraan toevoegde, in een poging zijn toon te bedwingen:

"Ja vrienden. Ik zei dat ik protesteerde!

"Waarom, Aart?

"Omdat we niets meer zijn dan eenvoudige akoestiekleerlingen. Hier; Jerry is degene die de leiding heeft en we helpen hem alleen om de apparaten in elkaar te zetten die hij aangeeft.

Jerry Kelly keek de grote man dankbaar aan, maar zei:

'Je bent erg aardig, Arthur, maar ik sta erop dat ik hierin geen persoonlijke glorie zoek. Het is eerder als ... Ja, vrienden: als "iets" waar ik al jaren van binnen ben en dat ik graag loslaat, zodat ik het aan de hele mensheid kan aanbieden.

Hij hield zijn hoofd schuin, zoals hij altijd deed als hij aan iets dacht of zich iets herinnerde, en voegde er na een korte pauze aan toe:

"Ik weet nog dat mijn vader hier al mee bezig was. Ik was toen nog erg jong en begreep niet alles wat hij me leerde. Die ingewikkelde vergelijkingen en al die berekeningen verveelden me!

'Je vader was een van de twaalf wijze mannen van het Wilder Instituut. Juist, Jerry? wilde Marlene Power weten.

"Ja ... Hij won een aantal zeer nauwe competitieve examens en ze gaven hem de leerstoel Akoestiek, maar ...

Arthur Hadmond probeerde met zijn gebruikelijke bruuskheid, altijd recht op dingen in te lopen, te raden:

"Ging dood...?

'Ja, Arthur... Per ongeluk. Op een middag ontplofte er iets in zijn laboratorium en hij werd verkoold gevonden. Gelukkig waren alle ontwerpen en plannen in huis. Ik woonde bij een tante van mij die...

De visofoon begon te zoemen en het scherm lichtte op, waarop het gerimpelde gezicht van professor Walter Lehman te zien was. De communicatie kwam rechtstreeks van het kantoor van de directeur van de "Saturnus XI" en hij kondigde met zijn luide opgewonden stem aan:

'Is Jerry in de buurt?

Jerry Kelly naderde het apparaat, zich ervan bewust dat het scherm zijn beeld zou weerspiegelen in het kantoor van de astrofysicus.

'U zult zeggen, professor.

'Hallo, Jerry. Wil je alsjeblieft komen? Ik moet je iets vertellen.

Het zoemen stopte toen het scherm werd uitgeschakeld.

Ze benaderden allemaal de jonge akoestiekingenieur, maar het was het blonde meisje dat sprak:

'Wat is er, Jerry?

'Ik weet het niet, Marlene. Maar ik dacht dat ik wat droogheid in de stem van de professor opmerkte.

"Ik heb het ook gemerkt", zei Michel. Hij sprak alsof hij zich ergens zorgen over maakte.

Jerry Kelly reikte naar zijn vrijwillige vrijwilligers en kondigde aan:

'Oké voor vandaag, mensen. Zullen we elkaar weer ontmoeten in de eetkamer?

"Ik zou graag die dynamo afmaken die me zoveel oorlog en ...

'Je weet dat ik deze kamers moet sluiten, Billy. Het beveiligingssysteem vereist het.

'Oké, ik zal het morgen doen.

Ze gingen allemaal naar buiten en Jerry Kelly manipuleerde het bord naast de deur zodat de foto-elektrische cellen het wachtwoord registreerden dat alleen door het te herhalen iemand in die metalen kamers zou kunnen komen, hermetisch afgesloten door de afstandsbediening.

Via de bewegende gang bereikten ze de lift, die werd verdeeld over de andere verdiepingen, die elk moesten terugkeren om hun positie op het ruimtestation in te nemen.

De laatste die afscheid nam was Marlene Power, die aankondigde, voordat Jerry Kelly het kantoor van de directeur van de "Saturn XI" binnenliep:

'Mis het avondeten niet, Jerry... Ik wil je iets vragen over die verdomde antennes.

'Je hebt het probleem nog steeds niet opgelost, Marlene?

'Nee... Het is moeilijker dan het klinkt. Als ze de door u gevraagde golflengte moeten hebben, zullen we in de oscilloscopen meer cellen van gemagnetiseerde isotopen moeten plaatsen met het soortelijk gewicht van ...

Het blonde meisje stopte en glimlachte toen ze afscheid nam:

'Laat de baas nu niet wachten, Jerry. We zullen later praten.

'Je hebt gelijk. Tot later, Marlene.

Minuten later gingen de deuren van het monumentale kantoor van de directeur van de "Saturnus XI" open.

En Jerry Kelly zag in het gezicht van de bejaarde Walter Lehman dat er inderdaad iets heel ernstigs aan de hand moest zijn.

# HOOFDSTUK IV

Het eerste woord dat in die kamer klonk was dit:

"Het is voorbij!

Jerry Kelly liep naar de tafel waarachter de oude professor zat. Hij dacht dat hij verkeerd had gehoord en navraag had gedaan, zonder te durven gaan zitten zoals voorheen:

'Hoe zei u dat, meneer Lehman?

'Ik zei dat het voorbij is, Jerry. Geen akoestische experimenten meer!

"Maar meneer... Nu we zo hard hebben gewerkt, als we op het punt staan het te krijgen en...

'Je weet als geen ander hoeveel interesse ik hierin heb gestoken, jongen. Je weet het heel goed!

'Dat is precies waarom, meneer Lehman. Ik begrijp niet hoe nu...

Walter Lehman stopte met het kammen van zijn grijze haar met zijn vingers, liet zijn hand zakken naar een stuk papier op tafel en bood aan:

"Lees dit, Jerry. Misschien zal ik het verduidelijken ...

Jerry Kelly las de verklaring snel voor. Het was een uitgestraalde boodschap, afkomstig van het moederruimtevaartuig, degene die de reizen van kunstmatige satelliet naar satelliet maakte, en leverde wat het op zijn beurt ontving van de verre aarde.

Kortom, die verklaring waarschuwde: geen akoestische experimenten meer op de "Saturnus XI". Al het werk dat buiten de geprogrammeerde studie van de planeet en de samenstelling van zijn ringen wordt uitgevoerd, zal als bedrog worden beschouwd. En voor de nutteloze verspilling van het waardevolle materiaal dat wordt gebruikt, zal de directeur van de "Saturnus XI" verantwoordelijk zijn.

Jerry Kelly keek naar de bejaarde astrofysicus en mompelde, steeds bezorgder:

"Denkt u: denkt u dat dit u kwaad zal doen, meneer?

Walter Lehman haalde licht zijn schouders op terwijl hij mompelde:

'Het is duidelijk, Jerry. Bij de montage van uw laboratoria hebben we zeer waardevol materiaal gebruikt. Hier gebouwde machines en instrumenten, die ze... Ze keuren het niet goed!

„Zij, meneer?

'Dus duidelijker, Jerry. De raad van bestuur van het Saturn-programma.

"Wie heeft de leiding?

"Peter Masson, een man die tot nu toe een goede vriend was en die geen bezwaar had toen ik hem in de eerste communicatie op de hoogte bracht. Natuurlijk vertelde hij me dat zolang dat werk het programma niet onderbrak, je in je rusturen kon doen wat je wilde. Later... .

Jerry Kelly onderbrak die pauze niet, terwijl hij naar hem luisterde en eraan toevoegde:

"Vorige week vroeg ik om de filterplaten waar je om vroeg. Blijkbaar had het moederschip dit delicate materiaal niet en vroeg het op zijn beurt van de aarde. Je weet dat ze daar veel nauwkeuriger kijken en dat het hele Saturn-programma moet worden goedgekeurd door het Wilder Institute. Mooi zo...

Nieuwe pauze voor het beëindigen:

'Blijkbaar schreeuwde hij toen Charles Wilder erachter kwam. Op dit moment komt hier een onderzoekscommissie voor de zaak. Ik ben mijn positie kwijt!

Walter Lehman was al vele jaren oud, maar op dat moment leek hij nog veel ouder. Het was voor niemand een geheim dat deze man al meer dan de helft van zijn leven in de ruimte was. Als pionier bij de verovering van Mars had hij later deelgenomen aan het eerste directe contact met Venus, Mercurius en Jupiter. Het was precies op de reuzenplaneet dat hij de kostbare "Einstein"-prijs had gekregen, voor een bepaald revolutionair systeem dat het mogelijk maakte om de planeet van een atmosfeer te voorzien: door gigantische bergen rotsen te verbranden, de zuurstof en het water dat Jupiter had gehad in de oudheid werden vrijgelaten.

En nu, toen de beslissende stap van zijn uitstekende carrière zou plaatsvinden vóór de planeet Saturnus ...

'Sorry, professor. Hij had nooit naar me moeten luisteren!

'Bah! Maak je geen zorgen, Jerry. Diep van binnen wilde hij al rusten. Ik ga op forel vissen in een rivier in Canada.

"Maar je hebt je hele leven gewijd aan...

"Dat is er! Ik heb mijn hele leven gewijd aan de verovering van de ruimte, verlangend om mannen te helpen in ieder geval het hele zonnestelsel te domineren. Mijn droom was dat ... En ik beken dat dat nog steeds zo is! Een oude man zoals ik, met zo veel opgebouwde ervaring, kan voor niets anders van nut zijn, maar als "zij" ...

Hij stopte toen hij zag dat de jongeman die luisterde wilde spreken. Jerry Kelly hield op dat moment alleen rekening met de schade die Walter Lehman zou kunnen lijden en noteerde:

"Ik ken de heer Charles Wilder persoonlijk, professor. Hij was een goede vriend van mijn vader, die hij ontmoette toen hij een van de twaalf wijze mannen van het Wilder Instituut werd. Misschien als ik met hem kon praten...

De bejaarde astrofysicus glimlachte dankbaar, hoewel hij vroeg:

'Heb je vertrouwen in die man, Jerry?

'Ziet u, meneer Lehman... ik dacht ooit dat ik op de een of andere manier met hem verbonden was. Haar dochter, Fanny Wilder, is degene die... ik met haar wilde trouwen.

"Wauw, jongen! Ik wist zoiets niet. En hoe heeft de machtige Charles Wilder je niet geholpen bij je onderzoeken?

"Hij was altijd tegen, aangezien mijn vader in hen stierf. Dat Charles Wilder een zeer ondernemende man is, weet je vast al, die graag mensen helpt. Zijn grootvader richtte het Wilder Instituut op om de wetenschap te helpen, en hij heeft de familietraditie gevolgd door het met grote bedragen te schenken. Maar duizend keer vertelde hij me dat wat mijn vader droomde onzin was. Akoestiek interesseert hem niet; Charles Wilder ziet de naam van het instituut liever gekoppeld aan de verovering van een andere planeet.

Jerry Kelly leek het zich te herinneren terwijl hij vervolgde:

'We hebben de laatste tijd ruzie gemaakt, op mijn aandringen. Misschien was dat wat mijn relatie met uw dochter en ik beïnvloedde... Wel, professor, ik heb gesolliciteerd naar deze functie, zoals ik u al vertelde toen ik aankwam, om verder te onderzoeken. De "Saturnus XI" is een ideaal platform, omdat het zo ver van de aarde verwijderd is.

'Ik waardeer je intentie, Jerry, maar het is nu te laat. De onderzoekscommissie komt eraan. Ik dacht van niet, gezien het rapport dat ik stuurde. Daarin beschreef hij alle vorderingen die in uw project zijn gemaakt en de prachtige resultaten die konden worden behaald. Ik heb hier veel energie in gestoken omdat ik... ik geloof heilig in je droom, Jerry!

Walter Lehman stond voor zijn jaren zeer levendig op, clinchend, met een energiek gebaar:

'Het is meer, jongen! Totdat ik officieel ontheven ben van mijn commandopost, zal niemand vernietigen wat je hebt verzameld op de Saturn XI.

'Vernietigen, zegt u, meneer Lehman? "Herhaald, gealarmeerd, de jonge akoestiekspecialist.

"Dat klopt, Jerry. Dagen geleden kreeg ik de opdracht om je laboratorium te ontmantelen, met het excuus dat al dat gebruikte materiaal voor andere functies kan worden aangepast. ... "zijn hand wees weer naar de ontvangen bestelling." Zie je!

'Ze lijken een speciaal belang te hebben bij het belemmeren van mijn onderzoek, professor. Het is absurd dat, aangezien we erin geslaagd zijn om al die uitstekende apparatuur in elkaar te zetten, nu ...

"Daarom stop ik ermee! En als ze me verwerken ... verwerken ze me!

'Nee, meneer Lehman. Ik zal voor alles de verantwoordelijkheid nemen. Ik kan je niet laten...

Jerry Kelly stopte toen hij het gigantische radarscherm aan de achterwand van het kantoor zag oplichten. De coördinaten wezen naar een steeds zichtbaarder punt en na het indrukken van de overeenkomstige knop op het bedieningspaneel informeerde Walter Lehman via de visofoon:

'Wat is er, Gasman?

Een onpersoonlijke stem bereikte hen:

'Meneer... het moederschip nadert. Hij zei dat het zal worden gelokaliseerd tijdens het lanceren van het voertuig waarin de onderzoekscommissie zal aankomen.

'Goed, Gassman. Bestel perron nummer drie om te regelen. Maar die verdomde Peter Masson kon dichtbij komen, in plaats van al die heren te sturen.

Dezelfde stem kondigde aan:

"Generaal Masson zei dat ze voorraden naar de ruimtebasis 'Mercury' moesten brengen. Ze zullen opnieuw op dezelfde plaats worden gevestigd om het voertuig met die van de Commissie in ontvangst te nemen en ...

'Laat het nu vallen, Gassman! "Drong er bij de verantwoordelijke van de « Saturnus XI » op aan.

En met u, meneer.

De intercom klapte dicht toen de astrofysicus Jerry Kelly's blik ontmoette en uitriep:

'Je hebt het gehoord! Ze willen geen tijd verspillen.

Toen drukte hij op een andere knop en toen een van de panelen van het kantoor openging, stond hij in verbinding met zijn assistenten, die in de aangrenzende kamer bleven. De tweede die de leiding had over de "Saturnus XI" schoof op naar zijn baas en Walter Lehman kondigde aan:

'Je zult het commando moeten overnemen, Anthony. Ik zal die mooie ringen van die verdomde planeet de komende twee uur niet meer zien.

'Komt ze, professor?

'Ja, Anthony. Ze komen eraan!

Jerry Kelly voelde zich overweldigd. Hij was in de war en wist niet wat hij moest zeggen tegen de man die, door hem te helpen, in hem te geloven en hem zijn vertrouwen te tonen, na meer dan een halve eeuw van constante actieve dienst op het punt stond zijn geweldige carrière te beëindigen.

# HOOFDSTUK V

Een lange, buitengewoon magere man met een nerveuze tic die de linkerhoek van zijn dunne lippen deed plooien, kondigde aan:

"Ik ben Armstrong... Roger Armstrong, verantwoordelijk voor deze onderzoekscommissie, professor Lehman.

Walter Lehman keek met vermoeide ogen naar de vier personen die de man presenteerde met de waaierbeweging van zijn hand, waarbij hij zijn grijze hoofd uit beleefdheid een beetje neigde. Jerry Kelly deed hetzelfde, net als zijn meest directe medewerkers: de blonde Michel Sauet, de Herculean Arthur Hadmond, de elektronische ingenieur Ramy Piccole, Billy Laughton en de gracieuze Dr. Marlene Power.

Ze hadden allemaal het gevoel alsof ze beschuldigd werden, terwijl ze bleven luisteren naar de ietwat gebarsten en metaalachtige stem van die Roger Armstrong, die vervolgde:

"Ons bezoek is erg onaangenaam, maar gezien wat je hebt gedaan op de 'Saturnus XI', heel precies. U mag niet vergeten zijn, vooral u, professor Lehman, dat het programma geen wijzigingen toelaat of ...

"Niemand heeft iets gewijzigd, meneer Armstrong", corrigeerde ook de koude stem van de oude astrofysicus. Analyses, metingen en onderzoeken op Saturnus zijn in hun normale tempo voortgezet. Ik vertrouw op de rapporten die Peter Masson van tijd tot tijd op zijn moederschip moet hebben ontvangen.

"Maar ze hebben serieus akoestisch onderzoek gedaan en deze basis gebruikt als platform voor iets dat niet op de show was.

'Ik sta erop je te vertellen dat je baas, Peter Masson, ervan op de hoogte was. Ik heb het hem meegedeeld zodra ik besloot dat Jerry Kelly dit extra werk wilde doen om zijn repetities voort te zetten.

"Laat me meneer Kelly er persoonlijk aan herinneren dat deze proeven en experimenten in het Wilder Instituut werden onderbroken door de ongelukkige dood van zijn vader. De heer Charles Wilder zelf vertelde hem dat ...

"Ik geloofde niet dat het Wilder Instituut ertegen was dat ik hier verder onderzoek zou doen", wierp het bovengenoemde tegen.

"Zie je wel, ja; Zodra informatie over de zaak de aarde heeft bereikt, hebben we een bevel ontvangen om ze op te schorten.

"Mag ik vragen waarom, meneer Armstrong?

'Uw vraag is leidend, meneer Kelly. In het geval van dergelijk waardevol materiaal dat u heeft moeten gebruiken, moet u weten dat dit verlies op zichzelf een ernstig misdrijf is.

"Het is geen verlies. ooit...

Roger Armstrongs dunne, extreem benige hand bewoog in de lucht terwijl hij ving:

'Als uw programma ooit wordt goedgekeurd, zullen ik en generaal Peter Masson de eersten zijn om u te feliciteren, meneer Kelly. Maar voorlopig moeten we ons er krachtig tegen verzetten. Al uw waardevolle laboratorium zal worden overgebracht naar het voertuig dat u ons heeft gebracht, om naar het moederschip van generaal Masson te worden gebracht.

Opnieuw zwaaide zijn hand om te voorkomen dat ze voordeel zouden halen uit de adem die hij nam en waarschuwde:

'En u bent allemaal van uw post ontheven, inclusief natuurlijk professor Walter Lehman, die naar ik hoop geen bezwaar heeft.

'Als het superieure orders zijn, zal ik ze moeten accepteren, meneer Armstrong.

'Dat zijn ze, professor. U kunt de handtekening van generaal Masson zelf zien. Ik weet dat hij zijn vriend is, maar als hij ook onder druk staat, zal hij begrijpen dat het onze plicht is...

Hij liet de woorden hangen en Jerry Kelly maakte bezwaar:

'Moet mijn laboratorium worden ontmanteld, meneer Armstrong?'

"Helemaal nodig! Deze commissie is juist daarvoor opgeleid, terwijl ze tegelijkertijd alle instrumenten die worden gebruikt in de

juiste mate op prijs stelt. Ik begrijp dat u veel eigen instrumenten nodig
heeft gehad.

"Zo is het. Het heeft ons veel gekost om ze te ontwerpen, en nog
meer om ze te bereiken. Houd in gedachten dat de rol die ze moeten
vervullen tot nu toe nooit is geprobeerd. Zelfs mijn vader kon de helft
van de tijd niet zwanger worden Een paar jaar geleden waren de huidige
technieken niet beschikbaar, en misschien kon de arme man niet zo
goede medewerkers vinden als ik het geluk heb gehad te vinden.

Jerry Kelly zei dit, wijzend naar de vijf mannen en het blonde
meisje die naast hem stonden, die, ondanks dat ze de bezoekers het
beste van hun glimlach schonken, Roger Armstrong als met zichtbare
tevredenheid hoorden antwoorden:

"Nou, het is jammer al dat werk, meneer Kelly

Toen wendde hij zich tot de vier mannen die hem vergezelden en
beval hen:

"Ze kunnen beginnen. Ik wil een goede inventaris, minutieus
gedetailleerd, stuk voor stuk.

Diezelfde dag verzamelden Jerry Kelly's medewerkers zich in de
eetkamer, met grote afschuw hoorde hij dat na de inventaris al zijn
instrumenten werden ingepakt om naar het ruimtevoertuig te worden
vervoerd waarmee ze ook zelf naar het moederschip zouden vertrekken.

.

Hevig en niet in staat zichzelf langer in bedwang te houden, stelde
de Herculean Arthur Hadmond voor:

'Is er geen manier om het te stoppen, Jerry?

"Doe niet zo grof! "Michel Sauet maakte bezwaar." Hoe? Neuken
met die idioten van de onderzoekscommissie?

"Waarom niet?

"Omdat we niets zouden verwachten, Arthur", kalmeerde Jerry
Kelly hen.

Ook gedeeltelijk ontslag genomen, meende Marlene Power:

"Over een paar dagen wacht het moederschip op ons. Als we weigeren die apparaten te verzenden en we gaan niet...

'Denk geen onzin meer! Billy Laughton viel in. Dat zou een opstand zijn, en we hebben de arme professor Lehman al behoorlijk in de problemen gebracht.

Ramy Piccole had sinds het einde van het eten niets meer gezegd, maar hij liet zijn stilte vallen terwijl hij informeerde en een voor een naar zijn vrienden keek:

'Denk je dat ze ons naar de aarde zullen sturen?

"Dat zou geen straf zijn", meende Arthur Hadmond.

De incognito werd de volgende dag gewist, toen bij het overnemen van de functie die Jerry Kelly had ondertekend, zijn partner die de dienst verliet hem wenste:

'Je hebt veel geluk nodig, Jerry. Tot nu toe heeft niemand het geprobeerd!

Jerry Kelly ging de akoestisch klinkende machine aanzetten om de geluidsgolven op te pikken die afkomstig waren van de massa van de planeet Saturnus, toen deze werd onderbroken bij het navragen:

'Wat bedoel je, Sidney?

'Naar de ringen. Heb je het niet gehoord?

'Ik kom nu uit mijn hut. Ik heb trouwens niet veel geslapen. Ik heb de hele nacht nagedacht over onze overplaatsing, mogelijk naar de aarde.

Sydney trok een verbaasd gezicht terwijl ze herhaalde:

"Naar de aarde? Maar als je naar de ringen gaat! Kapitein Quiin heeft het me verteld! Je bent je ruimteschip al aan het voorbereiden.

"Hoe zeg je Sidney?

"Dat klopt, Jerry. Op perron nummer vijf; Ik weet trouwens niet wat al die machines die je Marlene, Arthur en de anderen hebt laten bouwen voor je gaan doen.

Nog meer verbaasd verliet Jerry Kelly zijn post door te vragen:

'Kun je nog een paar uur doorgaan, Sydney? Ik wil alles bevestigen wat je zegt. Ik moet professor Lehman spreken!

Sydney hervatte haar positie en accepteerde medelevend:

'Je kunt gaan, Jerry. Een man die gaat proberen ergens in de ringen van Saturnus te landen, hij kan alles krijgen. Het is net als wanneer je ter dood wordt veroordeeld en...

'Wil je je mond houden, Sydney?

Minuten later bevond Jerry Kelly zich in het zenuwcentrum van die geweldige staalmonteur die de kunstmatige satelliet "Saturnus XI" was. Voor hem stond opnieuw de bejaarde professor Walter Lehman, die op zijn vragen bevestigde:

'Dat klopt, Jerry... laten we het proberen!

'Ik heb niets tegen te zeggen als ik ben gekozen, professor Lehman. Toen ik deze functie aanvaardde, wist ik waaraan ik mezelf blootstelde. Maar ik zou graag willen weten of mijn aanduiding, en ook die van u, met de ander te maken heeft.

'Het moet zo zijn, jongen, want Arthur, Michel, Ramy, Billy en ook... Marlene Power ook!

Jerry Kelly sprong bijna op toen hij nog een stap naar de tafel liep en uitriep:

"Zij ook?

'Ja, Jerry... Dat arme meisje ook!

'Maar waarom? Waarom dit allemaal, meneer Lehman?

'Ik weet het niet, zoon. Het bevel kwam rechtstreeks van generaal Peter Masson.

Hulpeloos schudde de jongeman zijn vingers terwijl hij uitriep:

'Nou ja, zijn goede vriend Masson houdt van hem! Weet je wat je naar een zekere dood stuurt?

'Hij moet op zijn beurt orders hebben gekregen, Jerry.

"Waarom zei Roger Armstrong in de eerste plaats dat hij met ons terugging naar het moederschip, die jongens met hem en alle instrumenten in mijn lab?

"Hij geloofde het ook zo. De andere bestelling is later gekomen.

'Mee eens! Ik weet dat je het op een of andere dag moest proberen. Maar hij legde me niet uit waarom precies wij zes van kapitein Quiins bemanning moesten gaan.

Jerry Kelly ijsbeerde zenuwachtig door de ruime kamer, zijn handen op zijn rug gevouwen, terwijl hij verder ging, gezien de stilte van de oude man:

'En nog veel minder om me uit te leggen dat ze al mijn uitrusting op het ruimtevaartuig van kapitein Quiin moeten laden. Wat voor nut heeft het daar, als we niet zeker weten of we in die gedoemde ringen wel of niet contact zullen kunnen maken?

Bijna met zachte stem verklaarde Walter Lehman:

"Dat gaat ons niet lukken, Jerry... Ik ben er steeds meer van overtuigd dat ze geen solide platform vormen. Het zijn condensaties van basen! En giftige gassen!

"Ik geef toe dat er op een dag iemand moet komen om dat te bevestigen of te ontkennen, professor. Maar ik kan niet geloven dat onze afspraak "toeval" was!

De astrofysicus stond langzaam op en zei:

'Ik ben ook niet bang voor de dood, Jerry. Op mijn leeftijd, na zoveel gezien te hebben en er in veel andere omstandigheden goed uitgekomen te zijn, telt dat niet mee.

Zijn stem werd energieker en veranderde van toon terwijl hij uitriep:

'Maar het irriteert me dat ze ons daarheen sturen alsof ze wilden..., alsof ze probeerden van ons af te komen!

Jerry Kelly zweeg en respecteerde de gedempte woede van zijn baas. Hij wist dat hij hem eerlijk gezegd alles zou blijven vertellen wat hij dacht en hij was niet verrast hem te horen zeggen:

"Wat verdomme! Onze misdaad is niet zo ernstig geweest. Wat? Zijn die miljoenen die we hebben uitgegeven aan instrumenten, materiaal en machines meer waard dan ons leven?

'Zo is het niet, meneer Lehman. Het feit dat deze instrumenten op het schip van kapitein Quiin worden geladen, bewijst het. Zelfs als ze ons leven riskeren. De ruimte verkennen, vooral het onbekende, weet als geen ander dat het altijd risico's met zich meebrengt. Maar ... waarom dat allemaal dragen? Denk je dat we een ideale plek zullen vinden om te landen en ons te vestigen, zodat ik mijn onderzoek kan voortzetten?

'Ik zei Jerry. Ze willen van ons af!

'Maar... wie, professor? Uw vriend, generaal Peter Masson?

'Ik weet het niet... ik ben in de war! Peter en ik hebben altijd goede vrienden gehad. Ik kan moeilijk geloven dat het bevel van hem kwam!

'Heeft u rechtstreeks met generaal Masson gecommuniceerd, meneer?

'Dat kon ik niet. Hij heeft de code ingevoerd met al zijn veiligheidseisen, maar ze vertelden me dat hij niet op het moederschip was. Er is een ruimtebasis die uw bezoek vereist.

Jerry Kelly zweeg, maar zijn geest stopte niet met werken. In een paar seconden dacht hij aan veel dingen. In de riskante reis die hij zou moeten maken, waarbij hij zou worden begeleid, in zijn geliefde instrumenten die hem vele jaren werk, vasthoudendheid en verbeeldingskracht hadden gekost.

Voor nu, nu ze ze eindelijk hadden...

Hardop zei hij alleen:

"Arme Marlene! Hij is nog zo jong...

"Haar aanwezigheid op de expeditie is volgens hen gerechtvaardigd omdat ze een groot specialist in cybernetica is. Generaal Masson's codebevel gaf specifiek aan dat het moest worden opgenomen voor het geval we eenmaal daar moesten improviseren. Dat meisje is erg slim en...

Zonder echt te weten waarom, wist Jerry Kelly plotseling:

'En wat zeggen die van die kersverse onderzoekscommissie? Het zou hen een kans hebben gegeven om ook bij dat kleine reisje te worden betrokken!

"Roger Armstrong werd bleek en zijn lip begon te trillen van die nerveuze tic die hem gewoonlijk lijkt te doen plooien", zei de astrofysicus, iets grappigs.

*'Bent u ergens specialist in, meneer Lehman?*

*'Nee, maar het bevel gaf aan dat ze secundaire havens konden bestrijken. Het zijn tenslotte allemaal mannen die goed zijn opgeleid voor het leven in de ruimte.*

*Ze vielen weer stil, onderbroken door Jerry's stem die wilde bevestigen:*

*'Wanneer vertrekken we, professor?*

*Walter Lehman had het vreemde en vervelende gevoel dat hij het was die zijn vrienden veroordeelde door er met zachte stem op te wijzen:*

*"Morgenochtend als eerste, zoon...*

# HOOFDSTUK VI

Arthur Hadmond keek door het transparante kwartsvenster naar buiten en zei met zijn luide dreunende stem:

"Wie was de dwaas die zong voor de helderheid van de lucht, voor zijn zuivere "blauw", voor al die kleinigheden?

"Het moet een dichter zijn geweest", verduidelijkte Michel Sauet schoorvoetend.

"Nou, ik zie het zwart! Zwart als bitumen! Beter nog, jongens. Als de mond van een wolf!

'Dat is het, Arthur. De mond van een wolf die ons zal verslinden!

Alle ogen waren gericht op degene die iets had gezegd dat ze, diep van binnen, toegaven of niet, dacht iedereen. Ze hadden erover nagedacht sinds startplatform nummer 5 klaar was en het ruimteschip van kapitein Marty Quiin de ruimte in lanceerde.

De "Saturnus XI" bleef achter, totdat het een lichtgevend en schitterend punt werd, alsof het een van de tien natuurlijke satellieten was van de onbekende planeet wiens omgeving ze moesten verkennen.

Ramy Piccole trok de aandacht van zijn collega-verkenners en protesteerde, na de zware stilte achter zijn laatste woorden:

"Wat is er aan de hand? Waarom kijk je me zo aan? Heb ik onzin gezegd?

'Dat heb je gedaan, Ramy.

Nadat hij dit had gezegd, verliet Jerry Kelly zijn stoel nadat hij de gordels had losgemaakt en benaderde Marlene Power om te vragen:

"Willen jullie mij helpen? Er zullen wat aanpassingen aan de stralingsmeter nodig zijn. Ik zie dat de aantallen steeds groter worden.

Met tegenzin ontkende de blonde vrouw:

'Ik wil eigenlijk niet werken, Jerry. En als je het doet om haar bezig te houden en niet te luisteren naar Ramy's slechte voortekenen, doe dan geen moeite. Denk niet dat iets wat ik zeg mij raakt!

"Nou. Voor mij, ja! "Protesteerde van zijn kant, Michel Sauet." Wat een idioot! Het is niet prettig dat je je er constant aan herinnert dat je kunt sterven.

"Cretin! "Antwoordde het bovengenoemde droog, staande naast de lange Arthur, om ook naar buiten te kijken.

De zenuwen kwamen los en Michel Sauet brak snel uit de riemen, terwijl hij werd tegengehouden door de bejaarde Walter Lehman, die adviseerde:

'Waarom probeert niet iedereen kalm te blijven? Of gaan ze me vertellen dat dit de eerste keer is dat ze een riskante reis maken?

'Een riskante reis, nee, professor,' snauwde Ramy Piccole mokkend. Maar ik had nooit het bevel gekregen om zelfmoord te plegen! En je weet dat we uiteen zullen vallen als we in de buurt van die verdomde ringen komen!

'Ik weet het niet zeker, Ramy. Dit is wat je moet proberen!

"Oh ja? Zijn we proefkonijnen? Waarom precies met een bemand schip? Ik herinner me in de eerste peilingen van Jupiter ...

„Daar is het, jongen! "Hij sneed hem af, in de hoop een katalysator te zijn voor ieders zenuwen." Herinner je je dat echt?

'Het kan niet gemakkelijk worden vergeten, meneer Lehman. Kom op... Het lijkt mij!

'Nou, je zult je ook herinneren dat toen de eerste op afstand bestuurbare schepen werden gestuurd, we allemaal dachten dat ze niet zouden aankomen. En ze zijn aangekomen!

'Dit is anders, vriend. Kijk naar de stralingsmeter! Denk je dat die naald gek is geworden?

Jerry Kelly drong aan en nodigde de vrouw uit:

Kom op, Marleen. Het mechanisme kan verkeerd zijn. We moeten het programmeren om grotere invloeden te weerstaan. Het is een kwestie van...

Het blonde meisje volgde hem en gleed de centrale trap af naar het lagere niveau. Het ruimtevaartuig onder leiding van kapitein Marty

Quiin was niet groot. Alles was aanwezig om de ruimte optimaal te benutten en hoewel de hele bemanning er een half jaar in kon blijven, kon niet worden gezegd dat er nog een halve kubieke meter over was.

Op de begane grond was de algemene kamer, en daar ontmoette de onaangename Roger Armstrong hen, die kwam aankondigen:

'Kom op, Jerry. Ik wil dat je iets ziet!

'Wat is er, meneer Armstrong? Ben jij ook enthousiast?

"Er moet zijn, geloof me.

Ze volgden hem door de smalle metalen gangen, totdat ze het magazijn bereikten. Toen hij al zijn ingepakte instrumenten daar in een rij zag staan, kon Jerry Kelly niet anders dan zeggen:

"Jammer! Met alles wat het ons heeft gekost om dit te bouwen, weet ik niet wat ze nu voor ons gaan doen!

Roger Armstrong naderde een van de pakjes, legde zijn handen erop en kondigde aan:

'Graag gedaan, want dit zijn niet je Jerry-instrumenten.

'Hoe zeg je dat? Marlene kwam tussenbeide, even verbaasd als haar jonge metgezel.

Wat ze horen. Ik heb een van deze pakketten geopend en gecontroleerd. Iemand heeft ons bedrogen! En ik zou graag willen weten waarom!

Koortsachtig begonnen Jerry Kelly's handen het waterdichte zeil van de bundels te scheuren. Ze bevatten gereedschappen, computers, tellers en allerlei soorten instrumenten.

Maar zij waren niet degenen die met zoveel moeite, werk en liefde opdracht hadden gegeven om zijn vrienden op te bouwen!

De grote blauwe ogen van de blonde vrouw zochten de zijne en haar stem vroeg:

'Wat denk je dat dit zou kunnen betekenen, Jerry?

'Allereerst een hoax, Marlene.

"Maar van wie?

'Dat is het eerste dat we moeten uitzoeken.

Roger Armstrong bleef de verpakking blootleggen, schreeuwend, bijna in een vlaag van hysterie:

"Kijk! Kijk hier eens naar! Het zijn nutteloze machines. Veel ontbrekende onderdelen. Ze zijn in de plaats van hun instrumenten gezet!

Toen, rustiger, stopte hij met van het ene pakket naar het andere te gaan en voegde eraan toe:

"Ik kwam hier uit nieuwsgierigheid, en toen ik me het apparaat herinnerde dat je me op de 'Saturnus XI' had laten zien, zag ik dat ze niet van jou waren. Iemand had ze op het schip van kapitein Quiin geladen, in plaats van de anderen!

"Wat betekent dat die van jou nog steeds op de" Saturnus XI " staan", concludeerde de vrouw.

'Dat is het, Marlene. Maar wie kan zoiets doen?

"Mijn vraag is: en waarom? zei Roger Armstrong nog eens.

De drie zwegen terwijl ze nadachten. Eindelijk dacht Jerry Kelly's opvallend mannelijke stem hardop:

"Ik vrees dat...

"Wat, Jerry? Spreek alsjeblieft!

'Ja, Marlene... ik denk dat ik dat moet doen, ook al lijkt het gek en monsterlijk. Ik begin details aan elkaar te knopen en ze leiden me tot deze conclusie: "Iemand" wil van ons af. Van het hele team dat we hebben gevormd!

Hij pauzeerde, alvorens verder te gaan:

"Ze sturen ons, in hogere orde, om de ringen van Saturnus te verkennen, omdat ze hopen dat we niet zullen terugkeren!

"Maar je instrumenten...

"Dat is er! Ze hebben ons doen geloven dat de bestelling hen ook omvatte en dat ze op dit ruimtevaartuig moesten worden geladen ... Maar zo is het niet! Wat aangeeft dat ze zich nog steeds in "Saturnus XI" bevinden ... Omdat dat "iemand" geïnteresseerd is.

De lange en magere Roger Armstrongs benige hand ging omhoog en waarschuwde:

"En waarom hebben ze ons bij de verkenning betrokken? Ik was voorzitter van de onderzoekscommissie die...

„Daarom heeft meneer Armstrong! „Jerry hield hem tegen." U en de vier mannen die u vergezellen wisten ook iets van wat ik voorstelde te doen en ook... u wilt ook dat ze worden geëlimineerd!

'Wie, Jerry? Denk je aan generaal Peter Masson, de opperbevelhebber van het moederschip?

'Hij heeft je gestuurd, nietwaar?

'Ja, maar generaal Masson is altijd een eerlijk man geweest, tot zoiets niet in staat. Welk belang kan hij hebben dat...?

"Als we doorgaan met deze suïcidale verkenning, zullen we er nooit achter kunnen komen. Ik ga met Kapitein Quiin praten!

'Wacht, Jerry! Ga je hem vertellen de reis niet voort te zetten?

"Precies, vriend!

'Maar dat... dat is bevelen negeren! Het is zo veel als...

"Dit rechtvaardigt ons. Er is al een anomalie in onze expeditie, en we gaan niet wachten op een excuus dat ons via de radio wordt gegeven. We zullen terugkeren naar de "Saturnus XI", daar zullen we ontdekken wie het was die de wijziging heeft aangebracht, deze pakketten.

'Het moet Louis Streisand zijn geweest! Hij is verantwoordelijk voor het laden en lossen van de "Saturnus XI"! Als ze ons voorraden en materiaal sturen vanaf het moederschip, is hij het die het ontvangt, net als toen professor Lehman iets naar generaal Masson of naar de aarde moest sturen.

'Nou, die Louis Streisand zal ons dit moeten uitleggen,' zei Jerry Kelly resoluut.

'Het zal nodig zijn om met de anderen te praten, Jerry.

'Dat zullen we doen, Marleen. Professor Walter Lehman is tenslotte nog steeds onze baas.

* * *

Een van de bemanningsleden van kapitein Marty Quiin naderde zijn baas en moet hem zachtjes iets in het oor hebben gefluisterd.

Kapitein Quiin keek naar iedereen die aanwezig was, leek adem te halen en kondigde ten slotte aan:

"Vrienden... Er is meer dan alleen een verpakkingswissel! Sergeant Evans vertelde me net dat ze het magazijn goed hebben doorzocht en een "mooi" apparaat hebben gevonden dat ons elk moment kan laten vliegen.

Hij zag schrik en verbazing op alle gezichten en richtte zijn blik op de blonde vrouw terwijl hij kalmeerde:

"Ze hoeven zich geen zorgen te maken. Mijn mannen beginnen die kleine atoomlading uit elkaar te halen. En ik hoop dat ze het halen!

Roger Armstrong begon in het rond te bewegen, als een dunne paling die uit het water wordt getrokken. De opmerkingen begonnen en de stem van de commandant van het schip vroeg opnieuw:

"Wees niet boos! Als we kalm handelen, denk ik dat we terug kunnen keren naar 'Saturnus XI'.

'Is het al beslist, kapitein? 'Vroeg een van de vier metgezellen van Roger Armstrong.

Het was de stem van de bejaarde astrofysicus Walter Lehman die antwoordde:

"Gezien dit alles gaan we niet verder met de verkenning. Ik draag de verantwoordelijkheid! Ik neem contact op met generaal Masson en...

'Mag ik, professor?

Walter Lehman richtte zijn vermoeide ogen op Jerry Kelly's gezicht, die met zijn toestemming verder ging:

'Het is beter om het zelf te doen, professor. Voorzichtiger!

'Maar is het dat... je denkt dat Peter Masson kan...?

"We kunnen altijd zeggen dat de intercom kapot was. Eenmaal terug op "Saturnus XI", zal Louis Streisand ons moeten vertellen over de verandering in die pakketten ... en hoe dat "leuke geschenk dat de mannen van kapitein Quiin daar in de lading vonden!"

"Ze wilden ons vervluchtigen! riep Ramy Piccole uit

Hij keek het volgende aan zodra hij zijn uitroep aan Michel Sauet uitsprak en hem eraan herinnerde:

'Noemde je me niet een vogel met een slecht voorteken? Nou, eens kijken of ik een goede neus had!

"Alsjeblieft", vroeg de commandant van het schip. Stop met bekvechten. Ik smeek jullie allemaal om jullie plaats in te nemen en laat mijn bemanning dat uitzoeken.

Het was de lange, Herculische Arthur Hadmond die de uitgang begon, mompelend:

"Als ik erachter kom wie de crimineel is die ons naar de hel wilde sturen..., dan wurg ik hem met mijn blote handen!

# HOOFDSTUK VII

Voordat de eerste baan rond "Saturnus XI" begon, kwam het bevel van de kunstmatige satelliet van de planeet naar het ruimtevaartuig van kapitein Marty Quiin:

"Identificeer jezelf! Dit is "Saturnus XI"! Identificeer jezelf!

Kapitein Quiin, die het ruimtevaartuig bemande, keek achterom en ontmoette de blik van astrofysicus Walter Lehman en de jonge Jerry Kelly. Eindelijk verbond hij de intercom en zond door:

"Dit is" Delta-5. " Het schip onder bevel van kapitein Marty Quiin. We keren terug naar de basis! Toestemming om te landen.

De stem bereikte hen perfect hoorbaar en scherp:

"Geweigerd! Je hebt een missie te vervullen. Ze zouden hier tien miljoen kilometer vandaan moeten zijn!

Walter Lehman stapte naar voren en hij was het die antwoordde:

"Gassman? Ik ben het, Walter Lehman. Ik gaf je het bevel over de "Saturnus XI" in opdracht van generaal Peter Masson... Goed. Ik keer terug en neem het commando over de "Saturnus XI" weer op zich. En we gaan landen! We hebben platform nummer vijf nodig om...

Een reeks interferenties kondigde hen aan dat het antwoord botste met de geluidsgolven van hun bericht. De astrofysicus zweeg om eindelijk te kunnen vastleggen:

'Waar gaat dit allemaal over, professor Lehman? Ik heb een verantwoordelijkheid en ik sta erop dat je...

'Het is een bevel, Gassman! Een geval van extreme nood!

'Goede leraar. Ik geef de opdracht om perron nummer vijf in te richten.

Twee uur later gleed het ruimtevaartuig van kapitein Marty Quiin van de gigantische helling af die hen naar de hangars van de "Saturnus XI" zou brengen. Iedereen had het gevoel dat dit was als 'naar huis gaan'. In die gigantische kunstmatige satelliet hadden ze meer dan een jaar doorgebracht en daar zouden ze alle gemakken hebben die ze tijdens die korte verkenningstocht hadden moeten missen.

Bovendien wilden ze allemaal graag de oorzaken weten omdat ze op een opzettelijke en criminele manier de dood in waren gestuurd.

Een dood die later gerechtvaardigd had kunnen worden, bewerend dat de expeditie naar de ringen van de planeet Saturnus een mislukking was geweest.

Marty Quiin voerde de manoeuvre uit met zijn gebruikelijke vaardigheid, toen hij plotseling aan de besturing voelde dat er iets mis was. Hij wierp een snelle blik op het dashboard en zag dat oprit nummer 5 voortijdig begon te sluiten.

Dit was absurd.

Niemand kon op de "Saturnus XI" zo onhandig zijn om de sluitingsoperatie voor het einde van de manoeuvre te starten. Instinctief startte Marty Quiin de motoren en liep op zijn beurt voor hem uit om niet te worden weggevaagd door het sluiten van die gigantische oprit van hard staal, alsof ze een insect waren.

Ze gleden bijna verticaal van de oprit af en de crash was enorm. Het formidabele gewicht van het ruimtevaartuig verwoestte een deel van de hangars, duizend vonken kwamen uit de kortsluiting en er brak brand uit in een van hen.

Het automatische alarm begon te zoemen en in de gangen van de "Saturnus XI" was alles bedrijvigheid en beweging.

En plotseling scheurde het schip van kapitein Marty Quiin uit elkaar alsof een formidabele kracht het uit elkaar scheurde...

* * *

Het eerste wat Jerry Kelly weer zag, waren mooie blauwe ogen die hem aanstaarden. Hij was nog steeds half versuft, maar hij dacht in de ogen van die vrouw te raden, liefde; ze staarden hem tenminste met oneindige zoetheid aan.

Hij slaagde erin rechtop te zitten en vroeg verbijsterd:

'Waar ben ik, Marleen?

'In de ziekenboeg. Gelukkig heb je maar één hersenschudding opgelopen.

"Wat is er gebeurd?

"Ze zeggen dat er een ongeluk is gebeurd.

Toen kondigde hij stiller aan:

'Het kostte meer dan twintig doden, Jerry. Arme Arthur, Michel en Ramy ook...

'En professor Lehman?

"Er wordt ook voor gezorgd. Er zijn meer dan dertig gewonden.

"Zo veel?

"Ja; Onder degenen onder ons die terugkeerden, het hangarpersoneel en de bemanning van kapitein Quiin ... Velen betwijfelen of ze gered kunnen worden. Er brak brand uit en ... Het was verschrikkelijk!

Jerry Kelly bleef zitten, vooral om te zien of hij zich kon bewegen. Zijn pyjamajas toonde zijn brede, harige borstkas en de blonde vrouw vroeg:

'Je moet nu niet bewegen, Jerry.

"Ik voel me prima. Ik wil zo snel mogelijk praten | met professor Lehman en met Gassman.

"Ik heb hem gezien; Ik heb je alles verteld, maar...

'Ga door, Marleen.

"Louis Streisand is ook overleden. Blijkbaar was hij degene die de hendel bediende zodat oprit nummer vijf dichtging voordat de manoeuvre was voltooid. Waar hij niet op had moeten rekenen, was de snelle reactie van de arme kapitein Quiin. Hij vuurde de motoren af en slaagde erin het schip naar binnen te schuiven. Maar in de botsing, ook hij...

Jerry Kelly zweeg en Marlene Power bleef melden:

"Blijkbaar is een van de motoren ontploft. Het vuur sloeg over naar de hangars en die schurk...

"Waarom zou Louis Streisand dat allemaal doen?

"We komen er nooit meer achter. Gassman weet niet waarom hij de verpakking heeft veranderd, waardoor de bemanning andere pakketten op Captain Quiin's schip heeft geladen die niet jouw instrumenten bevatten.

'Dus... ben je er nog, Marlene?

De blonde vrouw leek te aarzelen voordat ze rapporteerde:

'Nee, Jerry... Gassman zegt dat er tijdens onze afwezigheid een ander schip van de moeder is aangekomen met het bevel om ze weg te halen.

"Wauw! Dat impliceert een gecoördineerde samenspanning. Ze sturen ons van "Saturnus XI", laden andere pakketten op het schip dat deze verkenning moet uitvoeren, laten mijn instrumenten hier achter, en wanneer ze ons in de hel geloven ... komen anderen en haal ze weg!

'Zo was het, Jerry.

'Heeft Gassman het u in opdracht van wie verteld?

'In opdracht van generaal Peter Masson.

"Ik nam aan!

"Ga je opstaan?

"Ja, Marlene. Ik heb te veel dingen te doen om hier te blijven! Als je even uitgaat, ik...

Een verpleegster in een witte jas kwam naderbij, ook protesterend:

'U mag niet opstaan, meneer Kelly. De dokter zei dat je...

'Ik voel me goed, juffrouw. Willen jullie twee de kamer verlaten?

Een half uur later, bij de commandopost van de "Saturnus XI", trof Jerry Kelly de bejaarde astrofysicus Walter Lehman aan, in gesprek met zijn assistent Gassman.

Lehman had zijn rechterarm in een mitella, met een verband om zijn hoofd dat zijn wilde grijze haar bedekte. Hij stond niet op toen hij hem zag binnenkomen, maar zei met een halve glimlach:

'Leuk je goed te zien, Jerry. Ik heb alles aan Gassman uitgelegd.

Jerry Kelly voelde wat ongemak aan zijn linkerkant, ongetwijfeld doordat zijn lichaam daar werd geraakt toen het ruimtevaartuig explodeerde. Maar hij probeerde zichzelf te vergeten en, wijzend op de intercom, wilde hij weten:

'Heb je al contact gehad met generaal Masson?

'Nee, Jerry... ik herinnerde me wat je zei. Het is verstandiger om alleen te handelen!

'Ik vier het, professor. Ik begin te vermoeden dat generaal Masson hierbij betrokken is.

'Ik kan het moeilijk geloven, jongen. Peter is altijd een goede vriend van mij geweest!

'Ja... maar hij stuurde hem om een expeditie te leiden die gedoemd was te mislukken! En dat niet alleen, meneer Lehman. Iemand heeft daar een crimineel apparaat geplaatst om ons te vernevelen!

"Dat is allemaal onverklaarbaar", sprak Gassman.

"De feiten zingen. Heb je actie ondernomen?

Gassman had het commando al overgedragen aan zijn oude baas, maar antwoordde:

"Ja: de binnenlandse veiligheidspolitie doet onderzoek.

"Met resultaat?

"Tot nu toe niet; al het magazijnpersoneel beweert dat Louis Streisand hen beval hun instrumenten op het schip van kapitein Quiin te laden. Maar blijkbaar bevatten de pakketten nog andere.

Jerry Kelly keek hem vragend aan terwijl hij zei;

'Dit gaat niet werken, Gassman... Nadat we de 'Saturnus XI' hadden verlaten, arriveerde hier een ander voertuig van het moederschip. En ze kwamen met een bevel om mijn gadgets af te nemen!

'Dat is waar, maar... wat kon ik doen?

"Ten minste één ding. Onderzoek waarom iemand hen het wisselgeld had gegeven!

De bejaarde Walter Lehman zag er zichtbaar vermoeid uit en kwam tussenbeide:

'Je had er nog een kunnen maken, Gassman: we hebben gewaarschuwd.

"Hé! Gaan ze me nu ergens van beschuldigen? Dat wist ik niet...

Jerry Kelly's stem was bevelend bij het bestellen, toen hij zag dat Gassman begon op te staan:

'Ga zitten! En als ik professor Lehman was, zou ik hem bevelen vast te houden totdat deze rotzooi is opgeruimd.

"Stop Me?

"Ja, 'vriend'... Al deze manipulaties van laden en lossen waren niet mogelijk geweest zonder jouw medeweten. Het is erg omslachtig om meer dan vijf ton materiaal in te pakken, om niet te zeggen dat het praktisch onmogelijk is om een kleine atoombom te hebben zoals we die als "geschenk" op het schip van kapitein Quiin hebben gevonden. Met Professor Lehman die het commando aan jou overhandigde, stond "Saturnus XI" onder jouw controle, en je gaat me niet vertellen dat Louis Streisand toegang had tot de geheime afdeling waar deze artefacten worden bewaard, nietwaar, Gassman?

"Is dit een formele beschuldiging?

Neem het zoals je wilt. Je hebt er altijd naar gestreefd om de functie van professor Walter Lehman te vervullen. En dit was een uitgelezen kans!

"De overdracht van het commando kwam van een hogere orde. Generaal Masson deed hetzelfde.

"Dat is een ander probleem dat we zullen moeten oplossen.

"Ben je van plan om weer uit" Saturnus XI " te komen?

Opnieuw met een vermoeide stem bevestigde Walter Lehman:

'Dat zullen we doen, Gasman. Ik ga dit niet allemaal via de radio ophelderen met Peter. Ik moet hem persoonlijk spreken! Ik ben bang dat deze hele samenzwering ergens vandaan komt en ik wil weten hoe ver het gaat. Er zijn veel levens verloren en er staan nog veel meer op het spel!

Gassman kwam eindelijk overeind, al zwaaiend met een "Lasser"-straalwapen dat hij sluw had doorzocht in een van de laden van de tafel. Zijn gezicht leek van gedaante veranderd en hij schreeuwde tegen hen:

'Niemand komt hier weg!

'Gassman! Dan dan... Jerry heeft gelijk! Jij doet mee!

'Ja, gekke oude man. Maar ze zullen nooit weten waar de schoten vandaan komen! Heb je ooit gedacht dat je te veel jaren oud bent om te genieten van een positie zoals die je had? Waar streefde hij naar? Om het hele zonnestelsel te veroveren? Het was daar toen het Mars en Jupiter ding. Nu is het mijn beurt! Ik heb hard gewerkt zodat mijn naam gekoppeld is aan die van Saturnus. En dit programma zal ik zijn die het zal voortzetten!

'Je bent verblind door ambitie, Gassman... Je hebt veel mensen vermoord!

'Niet doen! Dat niet! Louis Streisand heeft het ongeluk op de perron veroorzaakt.

"Met uw toestemming! Voor al het personeel van de «Saturnus XI» zou je even onschuldig blijven. Je liet ons dichterbij komen... Maar om in die val te trappen!

'Hij kende ook het 'cadeautje' dat we op het schip van kapitein Quiin droegen,' wierp Jerry Kelly tegen.

"Akkoord! "Eindelijk toegeven." Daarom kan het me niet schelen dat er nog een paar doden zijn.

En wat zal hij zeggen? Wat viel ons op met die "Lasser" hier?

"Ik zal iets vinden" overtuigend. "Maak je geen zorgen, beste Jerry!

'Je bent een vuile moordenaar, Gassman! Jarenlang heb ik je alles geleerd wat ik wist.

Gassman staarde naar de oude man en brulde naar hem:

"Ja! Altijd als een tweede! Ik deed al het werk, droeg alles op mijn hoofd, ik put mezelf altijd uit zodat de eer naar jou zou gaan. Wist je dat niet?

'Ik geef toe dat ik je misschien overwerkt heb, maar dat is geen reden om me zo te haten, Gassman.

"Ik haat je niet, man. Het zit alleen maar in de weg! Beetje bij beetje delegeerde hij zijn taken aan mij en dat heeft me aan het commando doen wennen. Waarom zou je het niet helemaal alleen doen, zonder zijn schaduw? Jij Ik kan niet meer tegen slipjes, meneer Lehman, ik zeg het al zo tegen iedereen!

'Komt dat door het bevel van Peter Masson? Heb je de generaal verteld dat hij hier niet langer het bevel kan voeren?

"Precies, oude man! Heb je je zorgen gemaakt over intercoms? Ik heb ook met de aarde gesproken over die akoestische onderzoeken die je goede vriend Jerry je hier liet doen. Cast.,. Dat was precies wat me mijn ogen deed openen! Je hebt een misbruik: het Wilder Instituut zou het moeten weten. Dat centrum draagt alle Saturnus-programmering en ...

'Ga door! drong Jerry Kelly aan, zo geïnteresseerd dat hij de doodsbedreiging vergat die boven hen hing.

Maar Gassman grijnsde scheef terwijl hij kakelde:

"Ah, nee, vriend! Ik zei hem dat ik naar de hel zou gaan zonder iets te weten. Jij zult niet degene zijn die "The Voice of the Universe" laat spreken! Het zal er nog een zijn! Nog een veel krachtiger en met meer rechten !

En de moorddadige hand die het dodelijke wapen hanteerde, gericht op het eerste slachtoffer.

Jerry Kelly twijfelde er niet aan dat hij op dat moment zou sterven.

# HOOFDSTUK VIII

Daarom dacht hij dat als hij stierf, het het beste was om het vechtend te doen.

Hij spande zijn benen hard en wierp zich over de tafel naar zijn rivaal, die op zijn beurt ook in actie kwam. De "Lasser"-straal schoot uit het wapen met een klik die het kantoor even verlichtte. De lichtstraal ging rechtstreeks naar waar Jerry Kelly een paar seconden geleden was geweest; maar daar struikelde het niet over het lichaam van de man om hem te doorboren en hem te verschroeien met zijn dodelijke kracht.

Gassman werd bij de nek gegrepen toen een andere ijzeren poot tegen de pols van de gewapende hand drukte. Een tweede klik kondigde een nieuwe straal dodelijk licht aan, maar ook deze keer raakte de Lasser het plafond, zo metaalachtig als de vloer.

Hij liet daar zijn sporen na, terwijl de vingers van Jerry Kelly's rechterhand steeds dieper wegzonken, waanzinnige wanhoop in die keel. Gedreven door zijn razernij, altijd gretig om zo'n gevaarlijke vijand uit te schakelen, realiseerde hij zich niet dat Gassman niet langer worstelde en het wapen liet vallen. Ze waren over de vloer van het kantoor gerold, in een verwarde hoop lichamen, benen en armen.

Toen hij zijn hand terugtrok, begreep hij wat hij had gedaan.

Die gekke en ambitieuze moordenaar leefde niet meer. Jerry Kelly had hem gewurgd door hem te breken met de formidabele druk van haar vingers, door al haar gewicht op hem te laten vallen, de kleine botten van zijn keel.

Walter Lehman boog zich over de man heen die zijn belangrijkste assistent was geweest en mompelde:

'Hij verdiende het, Jerry... Je hoeft geen medelijden te hebben dat je hem hebt vermoord.

"Het enige wat ik voel is dat ik niet meer dingen kan zeggen. Maar ik kon niet stoppen met knijpen! Hij had dat pistool in zijn hand en je weet wat er had kunnen gebeuren als een van ons was geraakt.

De bejaarde astrofysicus keek naar de grond, waar het metaal was gesmolten als boter uit de krachtige straal van Lasser. Aan het plafond hing ook nog een soortgelijk teken en bevestigende tekens terwijl het verbonden hoofd nog steeds fluisterde:

"Pas op, wij mannen verzinnen dingen! En velen van hen ten kwade!

Hij liep om de omgevallen tafel, drukte op een knop, en toen het gezicht van de dienstdoende verpleegster op het visofoonscherm verscheen, beval Walter Lehman:

'Zeg tegen dokter Matthaus dat hij langs moet komen, juffrouw. Ah! En met twee verpleegsters en een brancard.

'Ja, professor Lehman.

De communicatie werd verbroken en de astrofysicus vroeg de jongeman dat ik naar hem keek:

'Kun je met me mee op reis, Jerry?

'Ja, juf. Ik heb alleen wat builen en blauwe plekken opgelopen. Wanneer vertrekken we naar het moederschip?

"Hoe eerder hoe beter. Rabio voor de ontmoeting met Peter Masson!

* * *

De kunstmatige satelliet "Saturnus XI" was een luciferdoosje vergeleken met de gigantische afmetingen van het moederschip.

Hij was al meer dan twaalf jaar in actieve dienst en had geen enkele kleine storing gehad. Al zijn gecompliceerde mechanismen werkten perfect: de bouwers konden tevreden zijn.

En trots op het creëren van dat mechanische wonder, een kunstmatige wereld die van de ene planeet naar de andere reisde, als een echte verpleegster die in staat is talloze "sukkels" te voeden die zich in de meest verre en grillige banen bevinden.

Het Wilder Instituut had verdiende faam verworven na de financiering en bouw van dat gigantische mobiele ruimtestation, dat in staat was meer dan vijfduizend mensen te huisvesten, dat op zijn beurt vijftig ruimteschepen diende die belast waren met het distribueren van de benodigde voorraden over de hele wereld. Zonnestelsel.

Het moederschip was het middelpunt van een onzichtbaar spinnenweb dat zich uitstrekte in de ruimte, waar het komen en gaan van de schepen die vertrokken of aankwamen, de draden van interplanetair reizen vlechtten, in een constante

weven en ontvlechten van die siderische communicatie van mensen.

De modernste elektronische hersenen programmeerden, zonder een enkele fout, die verplaatsingen van de ruimteschepen van de ene plaats naar de andere. Niet het kleinste detail werd aan het toeval overgelaten, alles liep tot op de tiende van een seconde, gecontroleerd door hun atoomklokken. Op elk moment wist je wat er ging gebeuren: in het moederschip konden er geen fouten zijn, geen fouten, niet de minste fout. Zoiets zou betekenen dat een schip dat op haar afstormt, haar niet op de juiste plaats zou vinden. Of andersom: dat degenen die van hun lanceerplatforms vertrokken, geïmproviseerde toeren moesten maken.

En er werd helemaal niet geïmproviseerd.

De mannen van zijn bemanning waren machines geworden.

Menselijke machines die geen eigen mening meer hadden, omdat de andere door hem gecreëerde machines hen opdrongen. Computers, elektronische hersenen, apparaten gemaakt door de modernste en meest gecompliceerde cybernetica.

Cybernetica is vooral een logische wetenschap, voor zover het rationeel analyseert wat het betekent om te regeren, zonder de vraag te stellen wie regeert of hoe het wordt bestuurd, aangezien de functie van regeren, reguleren, door machines kan worden uitgevoerd. , op voorwaarde dat ze in staat zijn om informatie over de status van een systeem vast te leggen en om op basis van de ontvangen informatie orders voor te bereiden die de verdere oriëntatie van het systeem bepalen. Op dit vlak maakt het een uitgebreide theoretische classificatie van systemen en machines mogelijk, zoals de mens in zijn verleden nooit eerder had gedaan.

Cybernetica is ook het punt van het koppelen van belangrijke toepassingen, aangezien de conclusies ervan de mogelijkheid ontlenen om allerlei soorten besturende en regulerende machines te bouwen, waardoor de taken van de mens tot in het oneindige worden vergemakkelijkt.

Wat de techniek van automatische controlesystemen betreft, werd cybernetica gepresenteerd als een kruispuntwetenschap voor zijn eigen makers, waarbij algemene begrippen werden ontwikkeld met betrekking tot de mechanismen die in staat zijn om alle noodzakelijke functies te besturen en te reguleren. Deze benadering vormde het startpunt van een enorme beweging, die een ware intellectuele revolutie zou kunnen veronderstellen, die de logische analyse zou omvatten van de functies van hogere wezens en van de processen die hen in staat stellen om kunstmatig te worden gereproduceerd.

Daarom waren enkele beroemde cybernetici van mening dat sociale fenomenen, voor zover ze het gevolg zijn van de uitwisseling van informatie, kunnen worden bestudeerd met behulp van de methoden van cybernetica, die ons in staat zouden stellen een glimp op te vangen, op het gebied van een gedurfd anticipatieperspectief, het beeld van een mogelijke menselijke samenleving geregeerd door machines van denken en regeren.

Machines die geen enkele storing hadden.

Generaal Peter Masson zelf werd onderworpen aan deze ijzeren discipline opgelegd door de machines, dus hij kwam niet uit zijn verbazing toen ze vanaf de controlepost aankondigden dat een ruimteschip hen naderde waarvan de reis niet was geprogrammeerd.

Hij was een tijdje in de war voordat hij bestelde

"Identificeer jezelf.

'Dat deed u al, generaal Masson.

Waar komt het vandaan? Is het een noodgeval?

'Het komt van 'Saturnus XI', meneer. Blijkbaar komt zijn vriend, professor Walter Lehman, erin.

'Onmogelijk! Walter moet nu dicht bij de ringen van Saturnus zijn. Je hebt een missie gekregen!

'Wilt u zelf naar de controlekamer komen, meneer? "Een van zijn assistenten nodigde hem uit.

Met zijn starre gang van levendige en elastische stappen liet de massieve generaal Peter Masson zich dragen door de schuifbanden die in alle gangen waren geïnstalleerd. Hij gebruikte zijn eigen energie alleen wanneer het absoluut noodzakelijk was en eenmaal in de controlekamer verifieerde hij wat hem werd verteld.

Hij sprak rechtstreeks met Walter Lehman, maar bij deze ongewone situatie kwam er geen vriendelijk woord over zijn lippen. Peter Masson volgde altijd de regels en het lezen van het schema voor die dag duidde helemaal niet op de onverwachte aankomst van dat schip.

Ten slotte wendde hij zich af van de intercom en stond hij voor een gigantisch radarscherm, waar vage lichtpuntjes het ruimteverkeer in een gebied van twintig miljoen kilometer aangaven. Vóór hun manipulaties begonnen de computers te werken en gooiden gegevens, cijfers, afstanden, schema's en alle operaties die het moederschip in de komende drie dagen zou moeten uitvoeren. De kleine kaarten werden "geveegd" door een mechanische hand die ze op hun beurt aan datasynthese onderwierp.

Peter Masson las de cijfers en wendde zich tot een van de assistenten en kondigde aan:

'Zeg ze dat ze het moederschip 77 uur, 55 minuten en 26 seconden niet kunnen betreden. Tot die tijd zijn alle bedieningselementen geautomatiseerd en zou geen van de landingshellingen werken om ze te ontvangen.

"Nou meneer.

"Nog iets: ze moeten ongeveer zesduizend mijl reizen om de andere geplande in- en uitgangen niet te onderbreken. Zelfs de intercom valt uit met dat schip. We kunnen het ons niet veroorloven om onze programmering voor hen ook maar een minuut te veranderen!

Toen, als een luxe in hem, peinsde hij rustig voordat hij terugkeerde naar zijn kantoor.

"Sorry! Zeg het maar tegen professor Lehman.

"Ja meneer.

* * *

Walter Lehman keek neerslachtig naar zijn vrienden en riep in het kort uit:

"Dat is het!

Jerry Kelly voelde hoe de vingers van Marlene Power in zijn hand knijpen en langs zijn lichaam vielen. Ze vormden een cirkel voor de bejaarde astrofysicus, die met zijn hoofd in het verband en zelfs zijn arm in een mitella, elke dag die voorbijging tekenen vertoonde dat hij meer uitgeput raakte.

Billy Laughton verbrak de stilte door te waarschuwen en zijn vrienden eraan te herinneren:

'We hebben nog maar drie dagen zuurstof, leraar. Als je zei dat we ongeveer 80 uur in een baan om de aarde moeten blijven om de tijd van de manoeuvres te berekenen, zullen ze me vertellen wat we in die resterende 8 uur gaan inademen.

'Daar heb ik al aan gedacht, Billy,' zei de oude man. En we hebben nog maar één oplossing.

"Ja, natuurlijk, professor. Gooi sommigen van ons door het luik! Voor mij kunnen we het op geluk werpen.

Billy Laughton merkte dat Jerry Kelly's blik die grap niet accepteerde. Hij wist meteen waarom zijn vriend zo serieus reageerde toen hij de oude astrofysicus hoorde zeggen:

"Ik ben niet veel meer waard en ik zou...

'Alstublieft, professor Lehman! Er is nog een andere oplossing", kapte het blonde meisje hem af.

Alle ogen waren gericht op Marlene Power, die ze op haar beurt een voor een observeerde terwijl ze voorstelde:

"Overwintering! Ik heb gehoord dat een paar jaar geleden een hele bemanning werd gered door de automatische besturing op hun schip in te stellen en zich er vrijwillig aan te onderwerpen. Het is een fysieke toestand waarin je niet ademt en ...

'Praat niet meer, Marlene! Jerry besloot voor iedereen.

"Daar kunnen we voor loten! 'Billy Laughton drong weer aan.' Ik hou er in ieder geval helemaal niet van om als een lijk in een glazen urn vast te zitten. Wat denk je?

De commandant van het schip was aanwezig en verbrak zijn stilzwijgen door aan te kondigen:

"Ik zal met de mannen van mijn bemanning spreken. Ik denk dat ik er wel een paar zonder kan en op die manier hebben we meer zuurstof.

Pas toen hij de hut verliet protesteerde hij, zichtbaar overstuur:

"Ik weet niet wanneer ze constante zuurstofregeneratie op deze schepen gaan installeren! Het is tijd om een beslissing te nemen!

Dit was een van de vele technische problemen die moesten worden opgelost, althans voor normale ruimteschepen.

De man had veel bereikt. Maar hij had nog zoveel meer te bereiken.

Het is jouw constante taak, die nooit eindigt.

Misschien omdat constante levenswetten dat vereisen.

# HOOFDSTUK IX

Generaal Peter Masson luisterde zwijgend naar Walter Lehman en onderbrak hem niet één keer.

Pas aan het einde van zijn lange verhaal ontkende het hoofd van het moederschip:

"Hier weten we niets over dat schip waarvan Gassman hem vertelde dat het op mijn naam op zoek was naar die akoestische instrumenten.

De oudere astrofysicus vroeg verbaasd:

'Hoe zeg je dat, Pieter?

"Je hoorde me! U kent mijn specifieke orders: die waren dat u, met Jerry Kelly, Billy Laughton, Ramy Piccole, Michel Sauet, Arthur Hadmond en Marlene Power, de ringen van Saturnus zou moeten verkennen. Ik zei dat Roger Armstrong en degenen die hem vergezelden, die de onderzoekscommissie vormden, u zouden vergezellen in het ruimteschip van kapitein Marty Quiin. Dat was het!

Jerry Kelly kwam uit zijn stilzwijgen en durfde tussenbeide te komen:

"Dus mijn waardevolle instrumenten... Ze zijn gestolen!

'Dat kan ik je niet verzekeren, jongeman,' antwoordde generaal Masson. Ik heb ook geen nieuws over een schip dat naar "Saturnus XI" gaat nadat je vertrokken bent.

"Gassman heeft het zo gemaakt", herinnert Walter Lehman zich.

"Van wat hij ons vertelde, had Gassman ook directe communicatie met de aarde", antwoordde de akoestische ingenieur.

"Dat is allemaal secundair, Jerry" vroeg de gewonde oude man geduldig.

Hij keek zijn vriend Peter Mason weer recht aan en wilde het weten en drong er bij hem op aan:

'Waarom heb je ons naar de ringen gestuurd, Peter?

"Ik heb de bestelling ontvangen van het Wilder Instituut. Ze zeiden dat deze verkenning was opgenomen in de Saturnus-programmering.

"Dat is waar! Maar waarom precies ik, wij? Ik bedoel Jerry, Marlene, Billy, Arthur ... Wij allemaal die op de een of andere manier hadden meegewerkt aan deze akoestische onderzoeken!

"Je weet heel goed dat ik nooit vraag waarom de orders die ik krijg. Ik beperk me tot het vervullen ervan.

"Ik weet het, Peter. Ik weet het! Beetje bij beetje ben je geworden: een automaat.

"Om de leiding te hebben over een functie als de mijne, moet ik het op die manier doen.

'En tellen gevoelens niet voor jou?

'Je hebt me niets te verwijten, Walter! Ik geef toe dat ik een grote droefheid voelde toen ik zag dat jij een van degenen was die die riskante verkenning moest uitvoeren, maar wat kon ik doen als je aanstelling afkomstig was van het Wilder Instituut zelf?

'Neem me niet kwalijk, meneer...' Jerry wierp weer tegen: 'Bedoel je dat het op aarde was, in het Wilder Instituut zelf, waar ze ons allemaal voor die missie kozen?

Generaal Masson keek hem met enige afschuw aan en bevestigde:

'Natuurlijk, jongeman! Denk niet dat ik het was!

Jerry Kelly leek hem te vergeten om naar zijn vrienden te kijken toen hij uitriep:

'We hadden het kunnen raden! Het is in het Wilder Instituut waar iemand geïnteresseerd moet zijn in het feit dat ik mijn experimenten niet kan afmaken. Dit is waar ze "The voice of the Universe" niet willen horen.

'De stem van het universum? Generaal Masson herhaalde het bijna als een echo.

"We hebben het die naam gegeven," vertelde Jerry hem. Het meest geschikt, want op een dag zal het een realiteit zijn. Hoewel ze mijn werk willen onderbreken!

"Het is absurd om te denken dat het Wilder Instituut zijn werk wil belemmeren, terwijl iedereen weet dat het het meest gedurfde onderzoek sponsort. De heer Wilder is zelf verliefd op de wetenschap.

"Ik weet het, generaal Masson", stemde Jerry toe. Maar er zijn veel mensen en veel hoge ambtenaren. En mijn hart zegt me dat de lage slagen daar vandaan komen!

"We zullen het ontdekken! 'De oude astrofysicus beloofde het hartelijk.' Zodra Peter ons een van zijn schepen geeft, keren we terug naar de aarde.

Generaal Peter Masson leek zijn stijve en hermetische mannenmasker weer op te zetten, scherp antwoordend op de oude vriend:

'Verwacht niet dat ik dat doe, Walter. Alles is hier geprogrammeerd!

"Ik weet het... Maar jij bent degene die dat programmeert!

'Je verwacht dat ik het hele systeem verander?

'Wat ik hoop is dat de misdaden niet ongestraft blijven, mijn vriend. Meer dan twintig mannen zijn omgekomen en meer dan dertig zijn nog steeds gewond op de "Saturnus XI". Velen van hen zullen zichzelf niet kunnen redden: ze lopen ernstige verwondingen en brandwonden op.

Jerry Kelly onderbrak opnieuw, ter ondersteuning van de bejaarde professor:

'Bovendien, generaal Masson, is het noodzakelijk om te ontmaskeren wie aan de touwtjes van deze samenzwering trekt. Het lijdt geen twijfel dat het zeer krachtig moet zijn om de touwtjes in handen te kunnen nemen, meer dan een miljard kilometer van de aarde, met behulp van ambitieuze mannen als Gassman, Louis

Streisand en anderen die misschien wachten om hun lage slagen uit te delen.

"Ja, jong. Dat is waar! De ruimte moet vrij zijn van misdaad en lage rente. Alleen op deze manier, met een constant werk vol gerechtigheid, zullen we hem op een dag volledig kunnen overwinnen.

Hij zweeg even, keek naar de oude vriend en zijn trekken werden minder strak naarmate hij verder ging:

"Maar ze zullen moeten wachten tot ik mijn wiskunde heb gedaan. Ik kan en mag de beweging van in- en uitgangen niet zomaar veranderen! Als hij dat deed, zou er hier niemand zijn om elkaar te begrijpen. Begrijp dat er veel verantwoordelijkheid op mijn schouders rust! De bemanningen van allemaal

de ruimteschepen die in hun onophoudelijke komen en gaan...

"Doe niet meer je best, Peter", smeekte zijn vriend. Wij ondernemen u en we zullen weten hoe te wachten.

* * *

Terwijl ze naar de drukte keek vanaf een van de loopbruggen die door een lange gang leidden, riep Marlene Power uit:

'Het lijken wel mieren!

Jerry Kelly keek ook naar de mannen en vrouwen die langs de transportbanden langs het gangpad dreven en bevestigde:

"Ja, Marlene: ze hebben een werkdag van vier uur, afhankelijk van de diensten. Maar ze werken hard!

'Zou je hier gestationeerd willen zijn, Jerry?

"Psch! Ik heb een paar mooie gezichten gezien, maar...

"Oh! "Ze protesteerde en veinsde woede." Anders dan dat, man.

"Nou nee; Generaal Masson is een erg rigide man. Te veel voor mijn humeur!

"Iedereen spreekt lovend over hem.

'Ik denk dat hij een goede baas moet zijn. Eerlijk gezegd denk ik dat ik de aarde nu al mis. In het hele zonnestelsel gaat er niets boven onze oude maar geliefde planeet!

'Zo denk ik er ook over, Jerry. De ruimte lijkt me koud, zonder landschap en in zekere zin eentonig.

'Wij zijn landdieren, Marlene. We gaan onze natuurlijke omgeving zeker missen.

"Het is waar! Ik ben altijd geschokt geweest door het idee om een kind buiten de aarde te krijgen. Ik weet het niet, maar ... Degenen die zo geboren zijn, ik denk dat ze heel anders zijn dan wij.

Jerry Kelly leunde op de reling en mompelde zonder naar de vrouw te kijken:

"Is er de mogelijkheid geweest om te trouwen, terwijl je voorbestemd was op" Saturnus XI "?

Geloof het of niet, ja. Ik ben door veel mannen het hof gemaakt!

"Het is natuurlijk. Je was daar de mooiste.

"Moet ik het als een compliment opvatten, of meen je dat echt? zei de vrouw, nog flirteriger.

Jerry Kelly verdedigde zichzelf door te antwoorden:

'Ik zei daar, niet hier.

Geamuseerd zag hij haar vol afschuw pruilen en zich vastklampen aan de reling die uitkeek op die gang:

'Kijk eens naar die brunette! Zij is erg leuk!

'Zoon, met die minirokuniformen die je draagt, is elke vrouw aantrekkelijk. Ik weet niet hoe generaal Masson hen toestaat...

"Vind je het niet leuk?

"Oh nee! Maak het uitzicht opnieuw zoals je wilt, schurk! Voor mij...

De blonde vrouw wilde het gesprek veranderen en informeerde als afgeleid:

'Wanneer denkt u dat generaal Masson ons zal toestaan te vertrekken?

"Hangt af van zijn zalige schema. Het doet niets zonder eerst hun computers te raadplegen.

Jerry Kelly leunde nog steeds over de reling, maar hij draaide zijn hoofd om bij het voelen van haar hand op zijn schouder. De grote blauwe ogen van Marlene Power keken verdrietig toen ze ernaar vroeg, met een nieuwe toonverandering:

'Ben je niet bang dat er iets met je zal gebeuren als je op aarde komt, Jerry?

'We liepen meer risico op de 'Saturnus XI', in het schip van die arme kapitein Quiin, en het is mogelijk dat hier.

"Maar ik denk dat als iemand erg geïnteresseerd is in voet, niet verder gaat met je onderzoeken, daar ...

'Rustig maar, Marlene, dit alles moet voor eens en voor altijd worden opgehelderd. En op aarde kunnen we het. De autoriteiten zullen het rapport van professor Lehman moeten horen.

"Maar hij... hij...

"Hij heeft me verteld dat hij het op zijn leeftijd niet erg vindt om zijn positie te verliezen. Hij is al erg moe! En wat betreft het materiaal dat hij mij toestond te gebruiken... ik denk niet dat ze hem daarvoor zullen vervolgen!

'Trouwens... Waar denk je dat alle gadgets zullen zijn die we hebben kunnen bouwen?' Wie zal ze hebben opgevoed?

"Nu Louis Streisand en Gassman dood zijn, zal het heel moeilijk zijn om erachter te komen. Maar misschien wij ook. Of we bouwen anderen!

Marlene Power eindigde lachend en zei:

'Je bent een uitstekende vriend, Jerry. Je bent altijd knuffelig. Ik hou van mannen die nooit opgeven!

Hij nam haar vrouwelijke handen in de zijne en keek in haar mooie blauwe ogen terwijl hij antwoordde:

'En ik hou van mooie blondines zoals jij, Marlene. Heb ik je nooit verteld dat je gevaarlijk aantrekkelijk bent?

'Ik...? Ze protesteerde, hoewel geamuseerd.

'Ja, jij... waanzinnig suggestief!

"Maak geen grappen. Ik weet zeker dat je nog steeds verliefd bent op een vrouw.

Het was zijn beurt om hem te verrassen, bijna ontkennend.

"Mij...?

'Ja, jij...' repareerde ze, op dezelfde toon die Jerry Kelly eerder had gebruikt. En haar naam is Fanny Wilder.

Jerry Kelly schreeuwde weer dat hij weer moest kijken naar het komen en gaan van de mannen en vrouwen op het moederschip. Hij zweeg voordat hij vroeg, met een lichte overgang in zijn stem:

"Wie heeft je dat verteld?

'Op een dag sprak ik met professor Lehman over u. Ik weet dat je solliciteerde naar een functie bij "Saturnus XI" omdat je boos was op die vrouw.

'Niet waar, Marleen. Ik deed het omdat ik mijn akoestisch onderzoek wilde voortzetten en het leek me een uitstekend platform. Aan de andere kant ... Ik was het zat om mijn projecten op veel sites te presenteren, zonder enig resultaat! Overal zeiden ze dat ik gek was. Net zo gek als mijn vader!

Marlene Power leunde ook over de reling en verloor haar blik op het einde van de gang aan haar voeten terwijl ze aanmoedigde:

"Ik denk niet dat je gek bent, Jerry... Integendeel!

Dank je wel, Marleen. Je bent een goede vriend!

En de twee waren stil.

# HOOFDSTUK X

Op het startplatform, met de hand van generaal Peter Masson in de zijne, drong Walter Lehman aan:

'Is het essentieel, Peter?

'Dat is zo. Absoluut essentieel, Walter! En je zou het niet eens moeten weten.

'Ja... Maar we zouden graag naar de aarde willen, zonder onze namen op de passagierslijst.

"Jullie gaan niet als passagiers. Ik heb je opgenomen in de bemanning van dit schip.

"Is hetzelfde. Ik ben bang dat, voordat we aankomen, "iemand" zal weten waarom we terugkeren en dat kan ons een "verrassing" bezorgen ... En onaangenaam!

'Stop met aan een samenzwering te denken, Walter. Het Wilder Instituut bekommerde zich maar om één ding: al het materiaal dat je deze jongeman liet gebruiken om zijn dure laboratorium op te zetten. Het was toen ze het veto uitsprak. Niets meer!

'Ik kan er niets aan doen, Pieter. Ik denk zoals Jerry. Het een hangt samen met het ander.

'Maar wat je van me vraagt, is niet mogelijk. Je kunt de aarde niet betreden of verlaten zonder je te identificeren! Waar zouden we eindigen? Welke controle zou iemand zo kunnen hebben? En ik ben verantwoordelijk voor al het personeel dat hier aankomt of vertrekt. Ik zal je vertrek uitzenden en ik denk niet dat er iets ergs met je zal gebeuren als je aankomt. Je zult zien!

'God hoor je, Peter! Ik wens je veel succes in je functie.

'Je weet dat ik niet in geluk geloof, want je kent me heel goed. In dit leven zijn er geen beloningen of straffen die niet het gevolg zijn van de resultaten. Wat ik logischerwijs de consequenties noem.

'Hoe dan ook, vraag advies aan iemand die ouder is dan jij en veel van je houdt, Peter. Laat je ook niet leiden door cybernetica! Wees nooit een machine!

Peter Masson glimlachte op zijn beurt vriendelijk en beval aan:

'En je houdt op een pure sentimentalist te zijn. Nu heb je die kosten op je! Als die dure instrumenten nergens te vinden zijn, ben ik bang dat je ze op de een of andere manier zult moeten betalen.

"Ik heb geen persoonlijk fortuin. Ik heb me nooit druk gemaakt om zoiets triviaals. Als ze het verpesten, betaal ik het met dagen in de gevangenis.

"Doe niet zo dwaas! De wijze astrofysicus Walter Lehman, wie zou hem durven vervolgen? Je zult lijden, ja, een serieuze berisping. Maar niets anders! Je bent een van degenen die voor iedereen immense horizonten en geweldige mogelijkheden hebben veroverd. Je moet al naar boven, Walter, het schema staat vast voor...

"Ik weet het! Ik weet het! En koude computers geven geen seconde cadeau. Tot ziens, goede vriend!

"Succes, Wouter!

* * *

Op een bepaalde manier was het fijn om het gevoel te hebben terug te keren naar de planeet waar je geboren bent.

De oude en versleten aarde, klein in vergelijking met andere planeten in het zonnestelsel, kon zelfs in schoonheid niet wedijveren. Vanuit de ruimte gezien was het blauw: vreemd blauw, zonder mogelijke verklaring voor leken.

Maar vertederend vriendelijk en gastvrij.

Daar leefden en zwoegden miljarden wezens, dromend dat ze ooit de verre sterren zouden bereiken. Maar dit was een collectieve droom, in plaats van een individuele. Een droom om hun macht, hun vindingrijkheid en de capaciteit van hun technologie en hun wetenschap te demonstreren als een ras van superieure wezens, aangezien de meesten van hen zich vastklampten aan de verbruikte planeet en hun dagen daar wilden beëindigen.

Waarom?

De reden was simpel: ze waren op aarde geboren, die planeet was hun eerste woning en ze voelden de aantrekkingskracht ervan.

In het midden van de route verscheen de commandant van het ruimteschip tijdens een van de maaltijden voor hen en informeerde hen, rechtstreeks kijkend naar de bejaarde Walter Lehman:

"Ik heb een bericht ontvangen. We zijn niet langer op zoek naar een zending uranium naar Alaska. Ik zal in de Sahara moeten landen, bij het World Research Center.

Voordat hij de astrofysicus de tijd gaf om iets heftigs te zeggen, wilde Jerry Kelly weten:

'Weet u waarom deze verandering nodig is, commandant?

'Omdat je het vraagt, zal ik je vertellen dat het verband houdt met jullie vieren.

Hij verwees naar Walter Lehman, Jerry Kelly, Billy Laughton en de blonde vrouw genaamd Marlene Power.

"Laat me raden, commandant" vroeg Jerry. Misschien kwam de bestelling van het Wilder Instituut?

"Je hebt het goed! Het lijkt erop dat ik ze daarheen moet brengen.

Met een gelaten lucht zuchtte Walter Lehman:

"Vaarwel forel! Ik zal niet meer in Canada kunnen vissen.

"We zullen in de woestijn op kreeften moeten jagen", zei Billy Laughton.

"Ben je al een lange tijd vermist van de aarde? 'Ik wilde de commandant van het schip weten.

'Mooi. Ik tenminste! zei de oude man.

"Nou, ze gaan veel veranderingen ontdekken. Vandaag is de brug die San Francisco verbindt met Tokio en een andere die van Chili naar Australië gaat, af. Een kanaal van ongeveer honderd kilometer breed doorkruist Afrika van noord naar zuid en splitst het continent bijna in tweeën. De grote woestijn is opgehouden te bestaan en is een ware boomgaard geworden. Daarom is daar het World Research Center gevestigd. Het heeft een oppervlakte groter dan Frankrijk: zo'n 600.000 vierkante kilometer, met gebouwen van zo'n zevenhonderd verdiepingen. Er zijn ongeveer twee miljoen wetenschappers aangesteld uit alle takken van menselijke kennis, hoewel ...

"Nog een keer denk ik? Jerry Kelly wilde spelen.

'Ik zal het je zeggen, vriend. Het zijn net gevangenen!

'Ik raad het al, commandant!

"Het was gemakkelijk", bagatelliseerde de astronaut het. Je moet iets heel 'dik' hebben gedaan. Opnieuw moest ik daar een aantal atomaire wijzen nemen. Daarom weet ik dat, al is het natuurlijk 'verzekerd'. Niet binnen de muren.

'Ah, maar is dat centrum omringd door muren?

"Dat klopt, vriend", antwoordde de commandant op de spottende vraag van Billy Laughton. Ze leven daar allemaal, als in een aparte natie. Op de een of andere manier moeten ze boeten voor hun misdaden... Gelukkig zijn ze niet naar de kanalen van Mars gestuurd! Dit is hel!

"Ken je hem ook?

"Ja... ik ben daar geboren.

'Ik had het kunnen raden,' zei Jerry weer.

"Waarom?

'Je hebt een beetje groenige huid, mijn vriend. Het is kenmerkend!

De commandant van het ruimteschip ging naar de deur van de cabine, besloot hen te laten verder eten en, al bij de deur, kijkend naar Jerry Kelly, mompelde hij met een verwijt in zijn stem:

"Heel grappig! Je bent erg oplettend.

Toen ze alleen waren, fladderde de rechterwijsvinger van Marlene Power in Jerry's gezicht, alsof hij hem eraan herinnerde:

'Ik zei het je toch, Jerry. Er wacht ons op aarde niets goeds!

-En wat wachtte ons in de «Saturnus XI»? We hebben het juiste gedaan, Marlene. Als we bij aankomst nog steeds in dat World Research Center verblijven, zullen we tenminste leven. Terwijl...

"Jerry heeft gelijk, jongen", kwam Walter Lehman tussenbeide. Daarnaast zal er vast wel iemand naar ons luisteren. We hebben mogelijk een misdaad begaan door machines en materiaal op ongepaste wijze te gebruiken. Maar we zijn getuige geweest van verschillende misdaden!

Billy Laughton keek naar de oude man die zijn baas was geweest op de satelliet rond de planeet Saturnus en wilde controleren:

'Ik neem aan dat u machtige en invloedrijke vrienden zult hebben, nietwaar, professor?

'Ik heb ze, Billy! En ze zullen naar me luisteren!

"Nou: ik denk niet dat ze onze hoofden eraf zullen snijden", eindigde de elektrodynamische ingenieur redenering.

'Dat zullen ze niet doen, Billy,' stelde Jerry hem gerust. Het spijt me echter dat ik je hierbij heb betrokken.

"Gekke dingen! "Protesteerde de oude man." Je uitvinding zal op een dag werkelijkheid worden en wat ons overkomt is niets meer dan het eerbetoon dat we moeten betalen om het te bereiken. Elke wetenschappelijke vooruitgang heeft zijn eigen inspanningen en zelfs opoffering gekost .

Toen wilde hij ophouden zich zorgen te maken en vroeg joviaal:

"Wie is bereid zijn kracht met mij te meten bij het schaken?

Marlene Power begreep de nobele bedoeling van de oude man en stemde ermee in:

'Hé, professor Lehman! En vandaag zet ik hem schaakmat! Nog grimmiger gromde Billy Laughton, liggend op de bank die in de cabinemuur was ingebouwd:

'Ze gaan ons schaakmat zetten! Kijk wat ons naar de woestijn stuurt! Bah!

# HOOFDSTUK XI

Het voertuig vloog materieel over de brede snelweg.

Het had geen wielen. Het gleed op een luchtlaag van ongeveer tien centimeter van de grond, het platform bestond uit een geïoniseerde plastic pneumatische matras, waardoor de voortstuwingsgassen konden ontsnappen, zonder het minste geluid in zijn snelle glijden.

Op het astrodrome waar ze waren geland, stond al een escorte van twintig soldaten op hen te wachten, gekleed in sneeuwwitte uniformen en goed bewapend met laserkarabijnen. Degene die eruitzag als de baas was vooruitgegaan en zodra ze door het luik waren afgedaald, had hij hun namen gereciteerd en toen aangegeven dat ze alsjeblieft in dat voertuig wilden stappen.

Het was noodzakelijk om te gehoorzamen, hoewel professor Walter Lehman vroeg:

'Ik wil Washington bellen, luitenant.

'Dat doe je in het World Research Center, professor. Er staat niemand minder op u te wachten dan Mr. Charles Wilder.

Ze waren allemaal verbaasd en wisselden stomme blikken tussen hen uit. Jerry Kelly herinnerde zich de warmte, sympathie en vriendschap die hem hadden gebracht bij de man die bijna zijn schoonvader was, en stelde zijn vrienden gerust:

'Ik zal met meneer Wilder spreken. Hij was een goede vriend van mijn vader en hij ging mij ook erg waarderen.

"Misschien wacht hij op je... met zijn dochter", merkte Marlene Power op.

Tijdens de reis spraken ze niet veel, verzonken in het panorama dat zich voor hen uitstrekte. Ze konden niet geloven dat dit dezelfde regio was die eeuwenlang de uitgestrekte Sahara-woestijn was geweest.

Het was echter waar dat het wonder van wetenschap en technologie tien miljoen vierkante kilometer in een ware boomgaard had veranderd, waar de overheersende kleur niet het geel van de verbrande zandduinen was, maar het groen van de weelderige lentevegetatie.

Eindelijk konden ze de eerste gebouwen van metaal, staal en glas en met gedurfde architecturale vormen van het World Research Center onderscheiden, die hun koepels naar de hemel verheffen op hoogten van meer dan een kilometer.

"Het is fantastisch! riep Billy Laughton uit.

"Het is nog steeds een gigantische gevangenis", zei de vrouw.

Toen hij zijn opmerkingen hoorde, zei het hoofd van de escorte:

'U hebt het mis, mevrouw. Veel van degenen die daar wonen zijn gelukkiger dan degenen die helemaal vrij zijn.

Die muren omringen zeshonderdduizend vierkante kilometer. Het is een hele natie!

Ja, een natie. Maar van slaven! ' merkte Marlene Power op.

'Daar heb je alles, juffrouw. Het enige wat ze niet kunnen doen, is eruit komen.

'En op wiens bevel houdt u ons daar vast, luitenant? Jerry Kelly wilde het weten.

"Het bevel werd mij gegeven door mijn meerdere. Kapitein Kraskessy. Ik weet het niet meer!

Ze wisten wat hen te wachten stond en waren niet verrast toen ze het snel rijdende voertuig zagen stoppen bij de bediening van een van de toegangsdeuren. Die mannen droegen ook heel witte uniformen, net als die van hun escorte.

De procedure was eenvoudig, hoewel de twintig mannen van het escorte buiten werden gelaten en de vijf arrestanten werden overgenomen door evenveel soldaten die hen naar een majestueus gebouw leidden, dat eruitzag als een eersteklas hotel.

"Ik zal om de bruidssuite vragen", grapte Billy Laughton.

Maar waar ze werden meegenomen, ging hij naar een kamer waar al snel, nadat de nieuwe soldaten buiten waren gelaten, een dichte groenachtige rook uit verschillende openingen begon te komen. De bejaarde Walter Lehman zat gelaten op de grond, alsof hij bereid was zich daar te laten sterven. Billy Laughton begon van muur tot muur te rennen en bonsde nutteloos op de goed gesloten deur.

Jerry Kelly zocht in de dikke rook naar de ogen van Marlene Power en de twee omhelsden elkaar instinctief stevig.

Ze zouden tenminste sterven met het aangename gevoel van het bekennen van hun liefde.

* * *

Charles Wilder was een lange man, buitengewoon elegant en netjes, die, hoewel hij in de zestig was, al zijn kracht behield.

Jerry Kelly herkende hem zodra hij hem achter het monumentale bureau zag zitten, ondanks het feit dat hij de rijke en machtige directeur van het beroemde Wilder Institute al lang niet meer had gezien.

De hand van de man, die de vader was van Fanny Wilder, maakte een uitnodigend gebaar:

'Ga zitten, Jerry. En wees welkom!

Alvorens te gehoorzamen, dof wrokkig vooral bij het laatste gekwelde gevoel dat hij had gevoeld, salueerde de jongeman:

'Dank u, meneer Wilder. Maar bent u al op de hoogte van de "prettige" ontvangst die ze ons hebben gegeven?

'Natuurlijk, jongen. Het World Research Center is niets meer dan... Hoe zou ik het zeggen? ... Ja: een kwekerij waaruit ons Instituut put. Als een nieuwe uitvinding, een nieuw onderzoek of experiment hier goede resultaten oplevert, nemen we het meteen over en geven het uiteindelijk een definitieve vorm. Je weet dat het Wilder Instituut, dat mijn grootvader heeft opgericht, niet stopt met het scoren van goede overwinningen!

'We zijn behandeld als criminelen, meneer Wilder!

'In zekere zin ben je dat, beste Jerry.

"Hoe zeg je?

'Ga zitten en ik zal het uitleggen.

'Ik wil van u horen, meneer.

'Zie je, Jerry... Je bent altijd net zo koppig geweest als je vader. Hij verloor zijn leven bij die onderzoeken die hij uitvoerde, en hij was een goede vriend. Misschien wel mijn beste vriend!

'Heb je me daarom altijd je hulp geweigerd?

"Gedeeltelijk wel: ik wilde niet dat jou hetzelfde overkwam. Maar je verdween met je gekke ideeën en je verlangen om te volgen wat je vader begon. En je ging te ver, jongen! Niets minder dan "Saturnus XI", vijftienhonderd miljoen kilometer van hier!

"Ik accepteerde de functie, aangezien ik daar verder kon onderzoeken.

'En van wat mij is verteld, heb jij het ook gedaan!

'Zo was het, meneer Wilder. Professor Lehman is een uitstekend persoon en hij heeft me veel geholpen.

"Ja! Ik weet het al! Met de fondsen en het materiaal dat is geprogrammeerd voor het Saturn-project. Is het niet zo?

"Mild crime, meneer: vooral nu ik op het punt sta te bereiken wat de mensheid zo goed kan doen.

De elegante Charles Wilder hield geamuseerd zijn hoofd schuin terwijl hij informeerde:

'Denk je nog steeds dat dat van groot nut kan zijn, Jerry?

"Waarom niet? Ik heb er vaak over gesproken. En ik denk dat als we "De stem van het universum" tot ons kunnen laten spreken, alles meer zal zijn ...

Hij stopte toen hij het gebaar van een van die nette en goed verzorgde handen zag en de eigenaar hoorde zeggen:

"Ja, Jerry. Dit is al vaak besproken, dus we gaan het niet nog een keer doen. Het is beter dat ik u voor uw regering vertel, dat toen ik van de Raad van Bestuur van het Instituut vernam van alles wat is gebeurd, hoewel ik er niet in geslaagd ben u van alle verantwoordelijkheid te bevrijden, ben ik erin geslaagd een speciale behandeling te krijgen.

"En mijn vrienden?

Charles Wilder leek te aarzelen voordat hij commentaar gaf:

'Nou... Ze zullen het hier goed hebben. Weet je niet dat dit een groot land is? Het heeft al meer dan twee miljoen inwoners!

"U bedoelt twee miljoen gevangenen, meneer Wilder

'Waarom noemen ze ze zo, als ze vrij kunnen rondlopen in deze immense omheining? Het World Research Center is groter dan Spanje. Alles is hier modern, schoon, gemaakt van glas en staal, Jerry. Doorzichtige plastic gebouwen weerstaan vuur en vormen hoge bergen van enorme blokken. Roterende platforms waardoor huizen en ramen het pad van de zon volgen. Bewegende straten met eindeloze riemen, waarop je van de ene plek naar de andere kunt gaan zonder moe te worden. Stille liften die je naar meer dan duizend meter hoogte brengen, of die afdalen in de ingewanden van de aarde en duizenden arbeiders overgeven in de meest geheime laboratoria. Weet je niet dat we hier nieuwe levensvormen aan het oefenen zijn?

'Misschien de manier voor de mens om als slaaf te leven, terwijl hij die voorwaarde gewillig accepteert, meneer Wilder?

De machtige financier en industrieel glimlachte terwijl hij zijn nette snorretje borstelde terwijl hij feestvierde:

'Je bent nog steeds dezelfde, Jerry! Je bent niet veranderd!

Nu ik erover nadenk, meneer Wilder, heb ik het gevoel dat u veranderd bent.

Hij pauzeerde opzettelijk voordat hij aan het spoedig toevoegde:

"Of misschien was het altijd al zo en realiseerde ik me het niet.

'Jerry, jongen. We gaan niet verder met kwetsende opmerkingen.

'Laten we het dan laten vallen en aan de slag gaan, meneer Wilder. Waarom stoort het je zo dat ik krijg wat ik wilde doen?

"Maakt u mij zorgen? Nee, zoon, nee! Integendeel!

'Nou, laat me je vertellen dat je een vaag en vervelend gevoel hebt dat jij het was... jij die het hebt verhinderd!

Charles Wilder sprong overeind en protesteerde:

'Beschuldig je me ergens van, jongen?

"Ik kan het niet op een bepaalde manier doen. Ik mis gegevens, maar...

'Je zult het moeten corrigeren, Jerry. Ik heb alles ontdekt, want het is natuurlijk dat dit het geval is. Ik ben toch de directeur van het Wilder Instituut!

"Precies daarom ben ik verbaasd dat ik niet meer steun van jullie heb.

'Mijn steun heb je, jongen. Maar ik heb niet geschreven

wetten of statuten. Wat door jou is gestolen, is vele miljoenen waard... En daarom hebben ze je hierheen gebracht!

'Zonder proces, meneer? Geen zin? Zijn de wetten en het rechtvaardigheidsgevoel zo veranderd sinds we de aarde hebben verlaten? Of is het allemaal al een gigantisch World Research Center geworden, waarin alleen de machtigen zoals jij heersen, de bevoorrechte enkelingen die kunnen leven zoals ze willen, marcheren waar ze willen?

"Ik zei, Jerry. Je bent tegen mij!

'Hoe zouden we dat niet kunnen zijn, toen ze ons twee begeleiders hierheen hebben gebracht, ze hebben ons in de gaten gehouden, ze hebben ons in een kamer gestopt die ons met rook besproeide, met de angst om te denken dat ze ons daar hebben vergast?

"Maar man! Het zijn gewone metingen. Overal moet gedesinfecteerd worden.

'Wees gewaarschuwd, meneer Wilder!

Kom op, kom op, jongen! Het is niet belangrijk.

"Hij doet! Vooral als je mensen niet wilt behandelen alsof het machines zijn. Ja: ik heb al gezien dat zoals je hier zegt alles netjes is, alles schoon, alles ultramodern. En natuurlijk, allemaal gerationaliseerd, onderworpen aan de almacht van degenen die deze gigantische gevangenis besturen, die zelfs hun functies zullen delegeren aan de elektronische hersenen, die degenen zullen zijn die echt de bevelen zullen geven ...

Jerry Kelly was opgewonden en ging verder:

"Ja meneer Wilder: ik heb kunnen zien dat alles op zijn plaats zit en alles in orde is. Elke minuut gecontroleerd. Elke actie, eerder geprogrammeerd. Ik wed dat hier ook niets geïmproviseerd wordt en dat de mensen die hier leven, zoals de machines, nooit een beslissing zullen nemen die niet eerder door de computer is goedgekeurd ... Cijfers, cijfers, cijfers en uiteindelijk de Resultaat. Zonder protest! Zonder zelf iets aan te passen! De persoonlijkheid van hogere wezens, voorbijgaande wezens, volledig teniet gedaan! Is het niet zo?

Charles Wilder had uiteindelijk zijn zorgvuldige handen gekruist en hem tussen lachend en geamuseerd gadegeslagen, zijn intelligente en buitengewoon scherpzinnige ogen glinsterden.

'Nou, dat vind ik allemaal niet leuk! "De jonge man voor hem eindigde met schreeuwen." En als het waar is dat hij me ergens in waardeert, dat mijn vader zijn beste vriend was...

'Ga niet verder, Jerry... Mijn kracht is niet zo groot. Ik krijg je hier niet weg!

"Ze zullen ons in ieder geval een deadline stellen. Ze kunnen ons niet voor altijd hier houden. We hebben geen misdaad begaan!

Charles Wilder bladerde zachtjes door wat papieren voor hem en fluisterde zachtjes, alsof hij tegen zichzelf sprak, maar luid genoeg om gehoord te worden.

'Dus, vooral... ik heb vernomen dat er in al je ongelukkige zaken nogal wat doden zijn gevallen, nietwaar, Jerry?

Jerry Kelly sprong op:

'Alstublieft, meneer Wilder! Verwar de dingen niet. Deze sterfgevallen vonden precies plaats toen ze probeerden ons uit te schakelen, gezien het feit dat het hoge explosief dat in ons ruimtevaartuig was geplaatst, werd ontdekt en gedemonteerd.

"Ok, Gerrie! Oké... Ik zei al dat ik het rapport kort heb gelezen. Als jij het zegt, jongen...

'Er is meer, meneer. Gaan ze die Gassman, deze Louis Streisand niet onderzoeken en waarom deden ze zo? We zijn op een zelfmoordmissie gestuurd!

"Mannen...! Zoveel als dat, Jerry! Ik weet het niet... Gelukkig zie ik jullie hier, gezond en sterk, en met dezelfde energie als altijd. Waarom deze opwinding?

„Ik heb het u gezegd, mijnheer. Onrecht komt me in opstand!

'Het is niet helemaal zo om je hierheen te sturen. Denk na en aanvaard edelmoedig enige verantwoordelijkheid. En vertrouw er vooral op dat, vanwege wat je voor mijn dochter betekende en wat je vader voor mij was, ik deze hele puinhoop snel zal oplossen. Inclusief je vrienden, ea! riep hij aan het eind uit, alsof hij toegeeft.

Jerry Kelly was gekalmeerd en raakte geïnteresseerd toen hij hem de vrouw hoorde citeren van wie hij ooit zoveel had gehouden:

"Hoe gaat het met Fanny, ..?

"Nou goed! Je weet dat het haar nooit iets ontbrak, ze reist, ze gaat op cruises, ze heeft veel vrienden ... en ze brengt haar leven door in de duurste couturiers ter wereld!

'Dat is een goed teken, meneer Wilder. Ze zijn de wil om te leven.

"Natuurlijk! Het is lang geleden dat hij de crisis overwon, toen hij het uitmaakte met jou ...

"Ik ben er blij om.

Charles Wilder stond wrijvend in zijn handen en eindigde het interview met de conclusie:

"Nou Jerry: we hebben afgesproken dat als er een paar weken verstrijken, ik zal kijken om alles te repareren. Voorlopig zullen ze je goed voorbereiden en je verblijf hier zal niet zo onaangenaam zijn, zolang je je aan de regels houdt. Je zult zie dat ze helemaal niet streng zijn!

'Ik zal alles waarderen wat u voor mij en mijn vrienden doet, meneer Wilder.

'Het maakt niet uit, kerel. Hoewel, ja, jongen. Je zult moeten werken, je ergens aan wijden! Jullie zijn allemaal wetenschappers en jullie hersenen zijn veel waard. Waar zou je je tijd aan willen besteden?

„Dat weet u, mijnheer. Op akoestiek!

Charles Wilder leek te fronsen, maar was het er meteen mee eens:

'Je zult ontdekken wat je leuk vindt, Jerry! En laten we eens kijken of het waar is dat je ons op een dag allemaal "De stem van het universum" zult laten horen!

'Ik zal het halen, meneer Wilder. Ik heb alleen de nodige middelen nodig, net zoals ik al had bereikt op 'Saturnus XI'.

'Ik zal ervoor zorgen dat ze je die middelen geven, jongen. Daarvoor is dit World Research Center in het leven geroepen. Geen idee mag verspild worden! Geen enkel brein mag zijn fruit verspillen! Je zult zien!

Ze gingen samen op pad en toen ze uit elkaar gingen, beloofde de machtige en elegante Charles Wilder nog:

"Het Wilder Instituut zal als eerste jouw uitvinding lanceren!

# HOOFDSTUK XII

Charles Wilder toonde tekenen dat hij zijn woord hield.

Jerry Kelly werd toegewezen aan een werkplaats waar hij en zijn vrienden, buiten de gecontroleerde uren voor andere taken, konden onderzoeken wat er was onderbroken op de "Saturnus XI", zo vele honderdduizenden kilometers verderop, in het volle hart van wat er was gebeurd. de dorre Saharawoestijn geweest.

Alleen kreeg hij om de een of andere reden niet het materiaal dat hij nodig had.

Dus gingen de maanden voorbij en moesten ze zich gedwongen acclimatiseren aan de discipline van het World Research Center, waar ook andere gearresteerde wetenschappers veel meer vooruitgang boekten dan hij in hun onderzoek.

De machtige Charles Wilder was er vaak, maar hij verwaardigde zich niet altijd de man te verwelkomen die al lang de verloofde van zijn dochter was. Hij deed het maar een paar keer, en de laatste keer had hij met tegenzin gezegd:

'Sorry, Jerry. Ik heb veel werk. Ik beloof je dat ik voor je zaak zal zorgen.

"Dhr. Wilder... Ik weet dat je dat niet zult doen!

"Wat een onzin, jongen! Wat er gebeurt, is dat ik te veel dingen in mijn hoofd heb en niet overal bij kan zijn. Elke keer als ik dit centrum bezoek, moet ik een flinke stapel dossiers pakken om te zien of een van de bevindingen kan worden nuttig voor het Wilder Instituut.

Hij wees naar de privé-secretaris die hem altijd vergezelde en wees erop:

Let op, Makensy. We moeten voor Jerry zorgen. En nu, als je me toestaat, jongen...

'Natuurlijk, meneer Wilder. Je hebt veel te doen en de toestemming die ze me gaven is over een paar minuten afgelopen. Ik zal je niet meer lastig vallen!

"Het is geen gedoe. Ze vertelden me dat je beetje bij beetje vooruitgang boekt en dat je erin bent geslaagd om nieuwe apparaten te bouwen die ...

'Ze zijn niet erg machtig, meneer. Op die manier zal ik nooit eindigen. Ik heb ultragevoelige antennes, goede bandrecorders, goede filters en een heleboel andere dingen nodig!

"Wat is er aan de hand? Ze leveren niet alles waar je om vraagt?

"Dat doen ze nooit! Als het ene niet ontbreekt, is het het andere. Maar voor mij geldt hetzelfde!

Voordat hij afscheid nam, kondigde hij vanaf de deur aan:

'We beginnen te acclimatiseren, meneer Wilder. Maak je geen zorgen! Ik denk dat Marlene en ik een dezer dagen zullen trouwen en hier voor altijd zullen blijven.

'Ik zei toch al dat het niet zo erg was... Natuurlijk haal ik je eruit!

Charles Wilder bladerde afwezig door documenten zonder te zien dat Jerry Kelly het kantoor had verlaten. Toen hij zijn hoofd ophief en naar zijn privé-secretaris keek, een vriend voor het leven van hem, vroeg hij:

'Is die gek al weg, Makensy?

'Ja, Charles. Waarom maak je deze komedie niet meteen af?

"Waarvoor? Diep van binnen amuseert het me. Het is altijd handig om als een goed mens en de autoriteiten door te gaan. Het centrum ziet me graag bezorgd over een van de geïnterneerden.

'Misschien willen ze weten dat je van hem af wilde, zoals je met zijn vader deed.

Charles Wilder maakte een nerveuze start en berispte:

"Wil je je mond houden? Ik praat er niet graag over. Ik moest Jerry's vader vermoorden omdat hij brutaal tegen me was, met het feit dat we vrienden waren, respecteerde hij me niet en deed hij wat hij wilde in de Instituut dat mijn grootvader heeft opgericht, hij was geobsedeerd door zijn akoestische wetten en ik hield niet van die onderzoeken.

"Neem mee! Aan iedereen! Als hij slaagt, kan hij de geluidsgolven van veel van uw gesprekken "jagen" en ... Vaarwel aan de grote en machtige Charles Wilder!

'Je kunt ook niet praten, Makensy. Je hebt ook veel te verbergen!

'Minder dan jij, Charles. Je bent hoger geworden!

"Gaan we nu onze vuile was in ons gezicht gooien?

'Nee, Charles. Maar dat vind ik niet leuk, bovendien lach je die jongen uit.

"Wat wil je dat ik doe? Ik heb hem laten opnemen met zijn vrienden in de expeditie naar de ringen van Saturnus, na de informatie van Gassman. Die jongen is erg slim en ging verder dan zijn vader. Hij ging naar " Saturnus XI" en die oude idioot Walter Lehman gaven hem alles wat ik hem altijd had ontzegd. Hij bouwde zijn duivelse apparaten en zou zijn uitvinding werkelijkheid hebben gemaakt. Hij had me vaak over hem gesproken en ik zeg je dat zoiets Het zijn vaste wetten van de akoestiek, Makensy! Onveranderlijke wetten!

'Heb je daarom ook geprobeerd hem te elimineren?

'En aan al zijn medewerkers! Voor mannen zoals jij en ik is de wereld zo goed. Geen fout maakt ons dat er op een dag op onze woorden wordt gejaagd alsof het vlinders zijn en degenen die ze niet meer mogen horen. Vind je niet?

'Ja, maar je zag dat ze gered waren.

'Vanwege de hebzucht van de domme Luis Streisand. Ik wilde de instrumenten houden en andere inpakken, waardoor het bedrog werd ontdekt.

'Heb je niet ook een atoomapparaat op het schip geplaatst?

'Ja, maar ik zeg je dat ze erachter kwamen en terugkwamen. Wat kon ik dan doen, terug op het moederschip? Het was niet handig om meer argwaan te wekken: generaal Peter Masson regeert daar en hij is een zeer oprecht persoon.

Charles Wilder ijsbeerde door het ruime kantoor, goed verzorgde handen op zijn rug gevouwen, voordat hij zijn assistent aankeek en verder ging:

'Hier zijn ze goed. Als we geen aanklacht indienen bij het Wilder Instituut. Ze komen hier nooit meer weg! Ze kunnen me niet storen.

Er heerste stilte tussen de twee voordat Makensy zei:

"Charles... Zou het niet beter zijn om nog een 'ongeluk' te veroorzaken? Als de vader zou worden verbrand, zoals iedereen denkt, toen hij zijn uitvinding aan het onderzoeken was, zou hetzelfde met de zoon kunnen gebeuren, denk je niet?

'Ik ga je iets vertellen, Makensy... Je hoeft Jerry Kelly niet zo te haten. Op een of andere dag zal mijn dochter niet meer aan hem denken en kun je met haar trouwen. Waarom ons nog ingewikkelder maken?

'En ik zal eerlijk met je praten, Charles. Ik word het wachten moe! Fanny houdt nog steeds van dat genie... En Jerry Kelly mag hier ooit wegkomen!

"Geloof het niet.

'Hoe zit het met de autoriteiten in dat centrum? Van tijd tot tijd zijn er beoordelingen van de oorzaken en de misdaad van deze mannen is niet zo veel. Met een paar jaar...

"Ik zeg je nee! Daar zal ik voor zorgen. Die jongen, je hebt net gehoord dat hij zal trouwen met het meisje dat met hen is meegekomen. Hier kunnen ze gelukkig leven en alles vergeten. Velen doen dat!

'Mannen als Jerry passen nooit in dit leven. Het zou beter zijn om met hem te eindigen! Wat als hij op een dag al het materiaal krijgt dat hij nodig heeft? Kun je je degene voorstellen die "jacht" zou vormen terwijl hij alle woorden zegt die in de ruimte zweven?

"Ze geven hem nooit het precieze materiaal. Ik heb hem besteld!

Wat als het hem lukt?

'Het is oké! Doe wat je wilt, Makensy. Het is aan jou!

'Dank je, Charles... Maar ik wil dat Fanny weet dat ze ergens is overleden! Je moet me begrijpen.

'Geaccepteerde vriend. Maar doe je best. Ik wil geen problemen!

"Maak je geen zorgen... Ik heb al ervaring met het veroorzaken van" toevallige ongelukken. "

* * *

De ervaring waar Makensy deze keer tegen zijn baas en vriend over had opgeschept, kon hem niets schelen.

Diezelfde middag werden hij en Charles Wilder door dezelfde autoriteiten gearresteerd in het World Research Center, waar zij twee tot de mensen behoorden die tot die dag het meest de baas waren geweest.

Maar ze werden gearresteerd voor onweerlegbaar bewijs.

"De stem van het universum" had gesproken!

Jerry Kelly kon een bandje tonen van het gesprek dat de twee mannen hadden gehad in zijn monumentale kantoor op de driehonderdveertiende verdieping en meer dan vijf kilometer van de experimentele werkplaats van de akoestische ingenieur... beneden" die! gesprek met een rudimentair team gebouwd door hemzelf, ondanks de weigering van bepaalde items van het materiaal dat hij nodig had!

"Ik heb het gebrek aan middelen met vindingrijkheid goedgemaakt", verduidelijkte Jerry Kelly.

"Maar dan... is uw uitvinding een feit?

"Dat zal gebeuren wanneer het geavanceerder is en kan worden gebruikt om geluidsgolven te 'jagen' die zich al eeuwenlang in de ruimte hebben verspreid. In dit geval was ik in staat om het te doen omdat ik over de meest nauwkeurige gegevens beschikte. Plaats waar ik meneer Wilder had achtergelaten, exacte tijd, situatie, omgevingstemperatuur en enkele andere dingen die ik gemakkelijk kon berekenen.

Hij nam ze mee naar zijn rudimentaire werkplaats en liet ze zijn instrumenten zien door uit te breiden:

"De afstand was kort en deze eenvoudige antennes konden de geluidstrillingen opvangen die uit dat gebouw kwamen. De filters selecteerden alle geluiden, nuanceerden ze en elimineerden de geluiden die me niet interesseerden ... De rest was eenvoudig!

'Verdacht je meneer Wilder?

Jerry Kelly zei oprecht:

"Ik had nooit gedacht dat hij mijn vader had vermoord, maar ik vermoedde wel dat hij om de een of andere reden niet wilde dat mijn onderzoek zou slagen. Van daaruit om te relateren aan alles wat er op "Saturnus XI" gebeurde, was er een stap die ik uiteindelijk nam toen ik merkte dat hij zijn beloften nog steeds niet nakwam ...

"Hij is een zeer invloedrijke man, maar voor deze test... Ze hebben geen enkele mogelijke verdediging! Wat je hebt bereikt is gewoon geweldig. Niets minder dan alles terug te nemen waar mannen over praten!

"Niet alles wat ze spreken, maar wat vorige generaties hebben gesproken.

"Echt fantastisch!

"Dat is waar... Maar heel delicaat!

"Precies!

"Het is echter de moeite waard om te blijven vechten om het op een totale manier te bereiken. Bedenk dat, net zoals Charles Wilder en die schurk Makensy hun straf zullen ontvangen, hetzelfde wacht op alle schuldigen als alle geheime criminele samenzweringen kunnen worden ontdekt.

"Dan zullen er geen geheimen zijn, want het Universum zal spreken!

* * *

Charles Wilder kreeg gelijk toen hij zei dat het Instituut dat zijn grootvader had opgericht, de onderzoeks- en montagekosten zou financieren van wat iedereen nu Jerry Kelly's 'uitvinding' noemde.

Weliswaar was er nog veel werk aan de winkel, maar de volgende tests die hij uitvoerde zorgden voor succes.

Een kunstmatige satelliet werd rond de laatste planeet in het zonnestelsel gestuurd, zodat het, terwijl het in een baan rond Pluto was, zou dienen als een ideaal platform van waaruit de vreemde akoestische instrumenten konden beginnen met het "jagen" van de geluiden.

En de nieuwe satelliet heette "The voice of the Universe".

Jerry Kelly kreeg de leiding over die nieuwe

vindingrijkheid van de man, terwijl Dr. Marlene Power zijn vrouw en zijn trouwste medewerker werd.

En daar, in de grenzen van het zonnestelsel, kijkend in de hyperruimte die ze zouden moeten doorgronden om hun dromen waar te maken, konden ze genieten van de waarheid van hun liefde die zoveel moeilijke beproevingen hadden weten te redden.

Ze waren verliefd op de waarheid.

De absolute waarheid die ze op een dag als een gevaarlijk geschenk aan de hele wereld zouden kunnen aanbieden ...

Het enige dat nog bekend was, was of de mens de moeilijke test zou doorstaan toen "De stem van het universum" begon te spreken ...

# EINDE